扉页书名题字：苏士澍

余音
YUYIN

绽放在古诗词里的花

中国诗书画研究会 —— 编著

当代世界出版社

图书在版编目（CIP）数据

绽放在古诗词里的花 / 中国诗书画研究会编著. -- 北京：当代世界出版社, 2022.11
ISBN 978-7-5090-1690-9

Ⅰ.①绽… Ⅱ.①中… Ⅲ.①古典诗歌—诗集—中国 Ⅳ.①I222

中国版本图书馆CIP数据核字(2022)第173295号

书　　名：	绽放在古诗词里的花
作　　者：	中国诗书画研究会编著
出版发行：	当代世界出版社
地　　址：	北京市东城区地安门东大街70-9号
邮　　编：	100009
出品人：	丁　云
监　　制：	吕　辉
选题策划：	高　冉
特约编辑：	昝建宇　陈珂宇　刘纯熙
编务电话：	(010) 83907528
发行电话：	(010) 83908410（传真）
	13601274970
	18611107149
	13521909533
经　　销：	新华书店
印　　刷：	北京汇瑞嘉合文化发展有限公司
开　　本：	880毫米×1023毫米　1/32
印　　张：	8.625
字　　数：	180千字
版　　次：	2023年2月第1版
印　　次：	2023年2月第1次
书　　号：	ISBN 978-7-5090-1690-9
定　　价：	79.80元

如发现印装质量问题，请与承印厂联系调换。
版权所有，翻印必究；未经许可，不得转载！

/ 本书编委会 /

主　编

陈士富

中国诗书画研究会会长

副主编

杨逸明

原中华诗词学会副会长
中国诗书画研究会顾问

副主编 / 策划人

王　刚

复旦大学中外现代化进程研究中心研究员

执行主编 / 执笔

杨　蓉

中国诗书画研究会研究员

顾 问

苏士澍
全国政协常委
原中国书法家协会主席

李东东
原新闻出版总署副署长

李文朝
中华诗词学会常务副会长

乐震文
上海觉群书画院院长
上海市文史研究馆馆员

孙孟武
中国诗书画研究会秘书长

庞沐兰
上海陈佩秋公益基金会理事长

毛履安
清华大学继续教育学院融智同学会会长

沈沪林
上海诗词学会理事
上海书法家协会理事

赵志江
北京罗马尼亚文化中心顾问

序一

诗中有画，画中有诗

"求木之长者，必固其根本；欲流之远者，必浚其泉源。"中华优秀传统文化是中华民族的精神命脉，是涵养社会主义核心价值观的重要源泉，也是我们在世界文化激荡中站稳脚跟的坚实根基。

古诗词是中华民族数千年积累的文化瑰宝，古诗词经典早已融入中华民族的血脉，成为民族基因的重要组成部分。"国家之魂，文以化之，文以铸之。"观察自然界的各种现象，就可以知道时序季节的变化，而观察人类社会的各种美好情操与品德，就可以教化天下人民，提升人的境界。这也是"文化"这个词的来源，而"人文化成"也是中华文明的一个基本精神。

"文化自信"是近年来全社会的共识。那么，这份自信何来？正是来自老祖宗留给我们的深厚文化家底。从诗经、楚辞、汉赋到唐诗、宋词、元曲，从山水、花鸟到书法、篆刻，中国文艺星河灿烂，创造力之强大、成就之辉煌，在世界文化之林中独领风骚。

传统书画与古诗词是两种不同的艺术形式，两者既有区别，又有密不可分的联系。书画通过图像表现内容，诗词则以语言符号表现内容。在中国传统绘画中，诗词题画是对绘画主体的升华，"诗中有画，画中有诗"，好的诗给人以美的、如画的想象，而一幅好画又能让观者欣赏到诗样的意境。绘画与诗词的有机结合，形成了中国画独特的意境表现方式，也成为中国绘画艺术与西方艺术的明显区别。

绘画与诗词的结合，最早可以追溯到先秦战国时期的帛画。北宋时期，宋徽宗在"诗书画印"的融合上取得了非常高的成就，强调诗词书法与绘画的关系，为后来绘画的成熟发展奠定了坚实的基础。赵佶的花鸟题材代表作品《芙蓉锦鸡图》正是"诗书画印"一体化接近完美的一种融合，精美的绘画配以飘逸瘦劲的书法，诗、画、款题与印章构成一个非常稳定的三角结构，画面既丰富又动感，构图疏密有致，给人以一种和谐的美感。这之后，赵孟頫将诗书画的融合进一步发挥，历经郑板桥、恽寿平、汤贻汾等名家，在吴昌硕手上集大成，造就了一代"诗书画印"大家的辉煌。

时光荏苒。当今，美育之"实"早已深植中华优秀传统文化的沃壤。美育是提升审美素养、陶冶情操、温润心灵、激发创新创造活力的教育，它融情操教育、心灵教育、人格教育等于一体，潜移默化地影响人、陶冶人，促进身心和谐统一和健康发展。蔡元培提出："美育之目的，在陶冶活泼敏锐之心灵，养成高尚纯洁之人格。"审美具有引导人们向善的德育功能，美育能帮助人们形成健康的观念、趣味和理想，让人超越个人私利、私欲，培养高尚的人格，提升人生的境界。

因此，我们希望这本《绽放在古诗词里的花》能将中国传统诗词与书画之美及新时代美育相结合，成为向广大传统文化爱好者普及中国传统文化的载体。在新的时代环境下，中国优秀的诗词书画文化必将在世界文明大家庭中绽放更加璀璨的光芒。

是为序。

中国诗书画研究会会长

陈士富

2022 年 11 月于北京

序二 "千朵万朵压枝低"

想写出好诗，常常需要形象思维。写诗要用意象说话，就是说，你有了好的想法，不要直接说出来，要通过一个"形象大使"来表达。这个"形象大使"就是诗的意象。譬如形容美人时，常会找来"花"这个"形象大使"，说"花容月貌"，说"闭月羞花"，说"云想衣裳花想容"。

《周易·系辞》中说："圣人立象以尽意。"这是关于意象最早的记载。中国古诗词中有大量的意象，为我们留下了丰富的"意象库"。

大千世界，万物纷呈。自然界的一切，风云雨雪、山水日月、花鸟草树……都成了诗人的吟咏对象，都可以被诗人描写得形神具备而又旨意深远。

诗人想说什么，总会找到合适的"形象大使"来替自己说话，其中"首席形象大使"应该就是花了。

刘勰在《文心雕龙·比兴》里说："称名也小，取类也大。"通过欣赏诗人的尽妍极态的吟咏诗作，我们可以感受到古人情感的脉动、思想的锋芒、社会的析光。

古诗词中几乎处处有花，花就像是古人生活中的朋友、伴侣、情人。例如，"待到重阳日，还来就菊花"（孟浩然《过故人庄》），"花间一壶酒，独酌无相亲"（李白《月下独酌》），"夜来风雨声，花落知多少"（孟浩然《春晓》），"感时花溅泪，恨别鸟惊心"（杜甫《春望》），"晓看红湿处，花重锦官城"（杜甫《春夜喜雨》），"黄四娘家花满蹊，千朵万朵压枝低"（杜甫《江畔独步寻花》），"日出江花红胜火，春来江水绿如蓝"（白居易《忆江南》），"停车坐爱枫林晚，霜叶红于二月花"（杜牧《山行》），"不是花中偏爱菊，此花开尽更无花"（元稹《菊花》）……花在诗人的生活中无处不在，春夏秋冬四季中形影不离。翻开古诗集，咏花的诗句不胜枚举，就像到了一个神奇的沙滩，美丽的贝壳俯拾皆是。

我们在欣赏精彩的咏花诗词的时候，一定会发现那些诗词像花一样美丽动人，诗人们能用"诗家语"写出诗人眼中之花。我们在欣赏诗词里的花的时候，一定会产生感恩之情，因为那些花是天公的馈赠，是大自然的大手笔。

今天，我们编著了这本《绽放在古诗词里的花》，希望向读者展示千姿百态、争奇斗艳的中国之花。通过这些咏花诗句，你会感受到花和诗词的美丽隽永，会感受到"千朵万朵压枝低"，更会感觉诗词就是花，花就是诗词。

原中华诗词学会副会长
中国诗书画研究会顾问

杨逸明

2022年11月于上海

目录

第一篇·春

迎春 / 3
桃花 / 7
梨花 / 11
李花 / 16
杏花 / 20
柳花 / 24
玉兰花 / 28
棠梨花 / 32
枣花 / 36
海棠 / 40
丁香 / 44
辛夷 / 48
蔷薇 / 52
紫桐花 / 56
刺桐花 / 60
紫荆花 / 65
紫藤 / 69
酴醾 / 75

第二篇·夏

荷花 / 79
牡丹 / 83
芍药 / 88
百合 / 92
杜鹃花 / 97
石榴花 / 101
茉莉 / 105
楝花 / 109
萱花 / 113
石竹 / 117
凌霄 / 121
木槿 / 125
合欢 / 129
玉簪 / 133
稻花 / 137
艾花 / 141
虞美人 / 145
栀子花 / 149
紫薇花 / 153
鼓子花 / 157

第三篇·秋

鸡冠花 / 163　凤仙花 / 167　牵牛花 / 174

积壳花 / 178　芭蕉花 / 180　荞麦花 / 184

木芙蓉 / 188　黄蜀葵 / 192　决明花 / 196

素馨 / 199　豆花 / 202　槐花 / 206

桂花 / 210　红蓼花 / 214　芦花 / 218

菊花 / 222

第四篇·冬

瑞香 / 229　兰花 / 233

水仙 / 238　山茶 / 243

梅花 / 248　月季 / 253

第一篇

春

迎春

中书①东厅②十咏（其一）

◎ 宋·韩琦

覆栏纤弱绿条长，
带雪冲寒拆③嫩黄。
迎得春来非自足④，
百花千卉任⑤芬芳。

韩琦（1008—1075），字稚圭，自号赣叟，相州安阳（今河南安阳）人。天圣五年（1027）进士，历任将作监丞、开封府推官、右司谏等职。与范仲淹共同防御西夏，名重一时，时称"韩范"，之后又与范仲淹、富弼等主持"庆历新政"，仁宗末年拜相，熙宁八年（1075）卒，年六十八，谥号"忠献"。其文"词气典重"，"有垂绅正笏之风"，为诗"不事雕琢，自然高雅"。《宋史》有传，有《安阳集》《谏垣存稿》等传世。

①中书：官署名，亦称中书门下。宋代设中书、枢密、三司，分掌政、军、财三大务。中书掌政事，亦称政事堂，是国家最高政府机关，其最高长官行使宰相的职权。

②东厅：政事堂内东边的办公处。《言行龟鉴》：韩魏公为相，曾公为亚相，赵康靖（赵棠）、欧阳公（欧阳修）参政。凡事该政令，则曰："问集贤。"该典故，则曰："问东厅。"该文学，则曰："问西厅。"至于大事，则自决之。人以为得宰相体（即宰相处事的方法、体统）。

③拆：开裂，此处形容花朵徐徐展开花瓣。白居易诗："低风洗池面，斜日拆花心。"又："紫房日照胭脂拆，素艳风吹腻粉开。"

④自足：自得，自满。

⑤任：一作"共"。

迎春是木犀科素馨属落叶小灌木，株高数尺至一丈，因春首开花而得名。先花后叶，花小且繁，形似瑞香，五瓣或六瓣，色极黄艳。花开时，若遇雪色衬映，愈见柔条婀娜，灿烂可人。韩琦这首诗，就是巧借"迎春"一名，极誉迎春，赞美迎春敢以"纤弱""绿条"而为"带雪冲寒"之先且不居功自傲的精神。

古人咏花，多为抬高一方而贬低另一方。如刘禹锡咏牡丹花云："庭前芍药妖无格，池上芙蕖净少情。"杜牧咏紫薇花云："桃李无言又何在，向风偏笑艳阳人。"司空图咏红山茶云："牡丹枉用三春力，开得方知不是花。"黄庭坚咏水仙花云："暗香已压酴醾倒，只比寒梅无好枝。"白居易咏迎春花云："凭君与向游人道，莫作蔓菁花眼看。"

近现代・于非闇《迎春图》

第一篇・春

韩琦此诗,不作攀比,不仅写花形象,且着眼不凡,中有大襟怀。毛泽东有《卜算子》咏梅花:"风雨送春归,飞雪迎春到。已是悬崖百丈冰,犹有花枝俏。俏也不争春,只把春来报。待到山花烂漫时,她在丛中笑。"这阕词里就有韩琦这首诗的影子。

韩琦是北宋天圣五年进士,后来任过十余年地方官,曾奉命治理灾荒,平息因饥荒起事的乱流;发动军垦,把九千多顷荒地变成良田;还与范仲淹同领过边防军,并协助其主持"庆历新政";再后则任宰相,历时十年,辅佐三朝,两定国君,为北宋繁荣发展出力不少。欧阳修曾赞他:"临大事,决大议,垂绅正笏,不动声色,而措天下于泰山之安:可谓社稷之臣矣。"韩琦、范仲淹、欧阳修等臣子文士,敢言直谏,不计得失,皆具"迎春精神",辅佐宋仁宗成就了史上少有的"仁宗盛治"。

迎春,别名黄素馨、金腰带,木犀科素馨属灌木,枝条细长,常下垂成拱形,呈纷披状,具棱,叶对生,三出复叶;花先叶而出,常腋生,呈喇叭状,花萼绿色,花冠黄色,外染红晕,极艳丽,有清香。

因其在百花之中开花最早,花后即迎来百花齐放的春天而得名"迎春"。迎春不畏严寒、傲雪而放的品格历来为人们所称赞,与梅花、水仙和山茶花合称为"雪中四友"。而《红楼梦》中偏用"迎春"作"懦小姐"贾迎春之名,取的则是迎春花虽性耐寒,但花开于春先,春初已落,过早夭亡之意。

桃花

题都城南庄①

◎ 唐·崔护

去年今日此门中,
人面桃花②相映红。
人面不知③何处去,
桃花依旧笑春风④。

崔护(772—846),字殷功,博陵(今河北定州)人。贞元十二年(796)进士,历任京兆尹、御史大夫、广南节度使。能诗,诗风清新婉丽,《全唐诗》存诗六首,尤以《题都城南庄》流传最广。

①题都城南庄:意思是题在都城("都"指唐朝都城长安,今西安)南庄一户人家门或壁上的诗。题壁诗是唐代诗歌书写与传播的一种方式,所题处并不拘于壁,也包括门、户、窗、柱、屏风、树叶等,如王绩的《题酒店壁》、刘禹锡的《题集贤阁》、吴融的《题扬子津亭》、姚合的《题山寺》等。有些题壁诗,虽无其名,但可从内容或侧面分辨出,如崔颢的《黄鹤楼》,因有李白的题诗"眼前有景道不得,崔颢题诗在上头"可知。

②人面桃花:"人面"指姑娘的脸。唐·孟棨《本事诗·情感》:"唐人崔护,清明日独游长安城南,见一人家桃花绕宅。崔叩门求水,一女子予之,两人一见倾心。第二年,崔又去该地,但人未见,门已锁。崔即题诗于左扉'去年今日此门中,人面桃花相映红。人面不知何处去,桃花依旧笑春风'"后世据此引申出成语"人面桃花",喻指女子容貌与桃花相辉映,又进一步有物是人非之意。第三句中"人面"指代姑娘。
③不知:一作"秖今"。
④笑春风:比喻桃花在春风中开得烂漫。

桃花花开春日,形色娇艳。自古以来,文人墨客多以桃花来表现年轻女子的美貌,桃花也就成了年轻美貌女性的隐语。崔护这首诗脍炙人口,也是以"桃花"与"美女"相互辉映的代表作品。

此诗是崔护踏春闲游时的遣兴之作,后来有个名叫孟棨的人大概很喜欢此诗,便据此杜撰出一则离奇故事来,说——崔护进京赶考,清明日独自日郊游,遇一人家,因口渴叩门求饮,有一"妖姿媚态"之女子,云云。周邦彦的《瑞龙吟》是崔护《桃花》诗的"旧曲翻新",他的这首词可谓其代表作,写的也是故地重游见"桃花"依然而"人面"不在的惆怅。

就诗论诗,此诗不过是一首感时叹序之作,与白居易的"前日归时花正红,今夜宿时枝半空。坐惜残芳君不见,风吹狼藉月明中"所咏相近。白诗是叹时光易逝,崔诗则叹物是人非。且崔护写得颇具情致,尤其"人面桃花相映红"

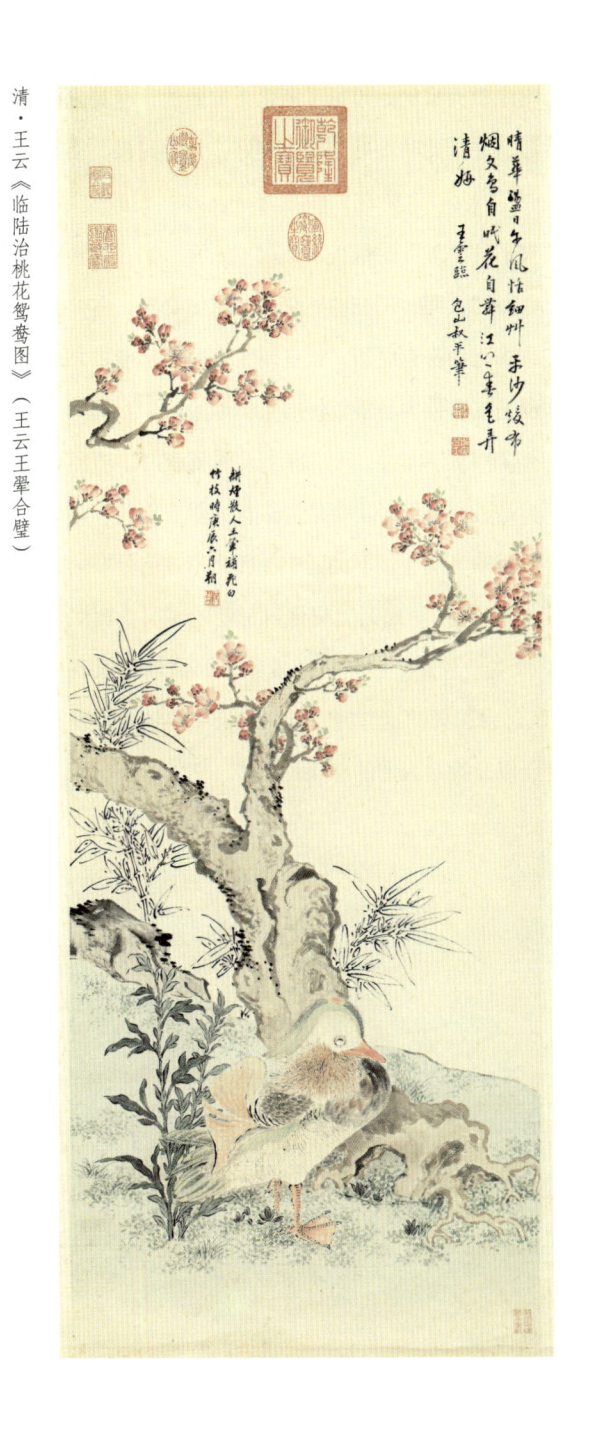

清·王云《临陆治桃花鸳鸯图》（王云王翚合璧）

一句，既写出庄户人家的姑娘见了陌生人的羞涩，也写出桃花的红艳烂漫，并借此暗喻姑娘年华美好，芳龄正盛。相比之下，崔护的"人面""桃花"妙在互喻，妙在情景交融，相映成趣。有了这"趣"的铺垫，下联"人面"不在的转折就不显突兀，而"人面"不在"桃花"在的伤心事，古今大多数人或多或少大约都有经历，或者说大多数人都能由之引发同情，这也是这首诗为何能流传时久的原因。

宋代贺铸有《定风波》云："墙上夭桃簌簌红。巧随轻絮入帘栊。自是芳心贪结子。翻使。惜花人恨五更风。露萼鲜浓妆脸靓。相映。隔年情事此门中。粉面不知何处在。无奈。武陵流水卷春空。"此词上阕化自王建的"树头树底觅残红，一片西飞一片东。自是桃花贪结子，错教人恨五更风"；下阕则化自崔护的这首诗，借崔护诗中事情，抒发个人对时序变迁以及物是人非的感叹。

桃花，蔷薇科桃属植物，是中国传统的园林花木，其树态优美，枝干扶疏，花单生，有白、粉红、红等色，重瓣或半重瓣，花朵丰腴，色彩艳丽，为早春重要观花树种之一。

因桃花花开在农历三月，故称三月为"桃月"。每年此时恰逢河水解冻，解冻的流水称"桃花汛"。正因为桃花代表了春天的到来，所以人们常以歌咏桃花来歌咏春天，并进一步引申为对美貌女性的赞美、对爱情的歌颂，更凝练出了"人面桃花"、"桃花流水"等成语。

梨花

和孔密州①五绝（其一）

◎ 宋·苏轼

梨花淡白②柳深青③，
柳絮飞时花满城。
惆怅东栏一株雪④，
人生看得几清明⑤。

苏轼（1037—1101），字子瞻，号东坡居士，眉州眉山（今四川眉山）人。嘉祐二年（1057）进士，嘉祐六年（1061）中制科。神宗时期先后在凤翔、杭州、密州、徐州、湖州等地任职，元丰三年（1080）因"乌台诗案"被贬为黄州团练副使。哲宗时期任翰林学士、侍读学士、礼部尚书等职，并出知杭州、颍州、扬州、定州等地。晚年因新党执政，以"讥斥先朝"之罪被贬惠州、儋州。徽宗时期获赦北还，途中染病，病逝常州。谥"文忠"。兼善古文、诗、词、书、画。唐宋八大家之一，与其父洵、弟辙合称"三苏"。其诗题材广阔，清新豪健，与黄庭坚并称"苏黄"；其词开雅逸豪放之新风，与辛弃疾并称"苏辛"。诗风雄浑豪迈，题材广泛。有《东坡集》《东坡乐府》等。

①孔密州：即孔宗翰。北宋熙宁九年（1076）冬，苏轼离开密州赴任徐州。孔宗翰接任太守后，隔年春天寄诗与苏轼叙说密州所见，苏轼回以和诗五首，此是其一。
②淡白：形容梨花之色。这里指初放的梨花。
③深青：形容柳叶茂密且结有绿色小果。柳树的花叫柔荑花序，花落结绿色小果，果熟破裂，有白色绒毛带着种子随风飘飞，被称为柳絮。这句是讲柳树还未飘絮与梨花初放之时。过渡到下句，则柳始飘絮，梨花将残。这两句间有时间差。高士谈诗："闭户不知春早晚，桃花红浅柳青深。"此乃借用苏轼句。
④一株雪：形容一树梨花，一作"二株雪"。与下句"几清明"形成对偶。
⑤清明：节气名。此句点出梨花开落的时间。陆文圭诗："今日东阑看梨雪，坡仙去后几清明。"

梨花多为白色，如雪，有淡香，因此古人常用梨花借指白色，多从其色如雪入手，直写如"梨花白雪香""梨花飞白雪""梨花雪不如"，略有情致如"雪作肌肤玉作容""梨花满院飘香雪""梨花堆雪柳吹绵"等。众作之中，还要属苏轼此诗超群。

此诗之妙，首在比喻与众有别，不笼统概括，而是特写"一株"。韩愈有诗云："走马城西惆怅归，不忍千株雪相映。"又云："闻道郭西千树雪，欲将君去醉如何。"苏轼此"一株雪"，存在于"花满城"这个大背景中，很有"万人如海一身藏"的感觉。此诗又妙在以写梨花开落盛败，来托出时序更迭的迅疾，乃至推及性命短促、人生无常之哲思。此以小写大之法在古诗中很常见，然此诗贵在流畅不滞，无强作之感，咏物诗咏到此等地步，可谓令人望尘莫及了。

"一株雪",有版本作"二株雪"。"一株"是美,"二株"是煞风景。"一株雪"之妙不单在以雪喻梨花之色,更在同时刻画出梨树之形,寥寥落落一株梨树下,是孤孤单单一个人,惆惆怅怅一颗心。

写这首诗时,苏轼四十多岁,已经历了几位至亲的相继辞世,对生之无常的感触颇深,故诗中有"人生看得几清明"这样的句子,用清明节这一祭祀祖先、缅怀故人的节气,来表达他对时序变迁的慨叹,对人生变化的思考。

苏轼是极为敏锐之人,且惯于思考,对生活随时随地皆有感悟,笔下似"惆怅东栏一株雪,人生看得几清明"这般句子很多,如"人生到处知何似,应似飞鸿踏雪泥""人有悲欢离合,月有阴晴圆缺""离合既循环,忧喜迭相攻""长恨此身非我有,何时忘却营营""世事一场大梦,人生几度秋凉""休言万事转头空,未转头时皆梦"等。敏感之人,活得多情趣,也多苦辛。写这首梨花诗时,苏轼尚在徐州任上,他人生的大苦难还远未到来。

梨花,梨树的花朵,是一种蔷薇科梨属植物。梨树,落叶乔木,树似杏,叶似大叶杨。《格物丛话》云:"春二三月,百花开尽,始见梨花。"梨花有红、白二色,白为正,如雪,有淡香。

古人常以雪色的梨花来借指白色,此外因梨花多在暮春凋谢,也多用其形容惜春伤春、寂寞惆怅的心情。因梨花淡雅之态,又多形容淡妆素抹的美人、或象征君子洁身自好的品性。

明·仇英《汉宫春晓图》（局部）

第一篇·春

李花

◎ 宋·杨万里

李花宜远更宜繁,

惟远惟繁始足看。

莫学江梅作疏影①,

家风②各自一般般。

杨万里(1127—1206),字廷秀,号诚斋,吉州吉水(今江西吉水)人。绍兴二十四年(1154)进士,历任国子博士、太常博士,太常丞兼吏部右侍郎,提举广东常平茶盐公事,广东提点刑狱,吏部员外郎等。因反对以铁钱行于江南诸郡,改知赣州,不赴,辞官归家,闲居乡里,直至开禧二年(1206)卒于家中。谥号文节。其诗风洒脱明丽,构思新巧,后世称"诚斋体",与陆游、尤袤、范成大并称为南宋"中兴四大诗人"。

①作疏影：作，故作。疏影，形容梅枝疏朗的样子。林逋诗："疏影横斜水清浅，暗香浮动月黄昏。"作疏影，故作梅枝疏朗的样子。
②家风：此处指作风、风格。

李花因与桃花几乎同时开花，所以二者常被用来作比较。

宋代赵令畤所撰《侯鲭录》卷八载："东人王居卿在扬州，孙巨源、苏子瞻适相会。居卿置酒，曰：'"疏影横斜水清浅，暗香浮动月黄昏"此和靖《梅花》诗，然而为咏杏花与桃、李，皆可用也。'东坡曰：'可则可，恐杏花与桃花不敢承当。'一坐为之大笑。"东坡所谓"不敢承当"，看似笑谈语，实则就梅花神韵而言，却也得当，因梅、杏、桃、李之花虽相似，然其文化内涵中的气格终究有别。杨万里不知是否知道这则笑谈，他这首咏李花诗中所表达的意思很明显与东坡所言相反。杨万里的反调，"唱"得也有道理，毕竟梅花有梅花的妙，李花有李花的好。李花纵"学"梅花，"横斜"月下水畔，也未见得会逊色。当然，还是杨万里说得好，春兰秋菊各一时之秀，谁也莫学谁，自成一家才是正道，就像远远望去的几树李花，也有其他"不敢承当"的美。

平易、轻快且不拘泥题材以及格调，便是杨万里诗歌最显著的特色。据杨万里自己讲，他起初作诗，先学这个大家，后学那个大家，学来学去都没学好，总觉得作诗很难，作出来的诗总也不称意，一气之下，就毁掉不少。后在荆溪

清·邹一桂《李花金丝桃》

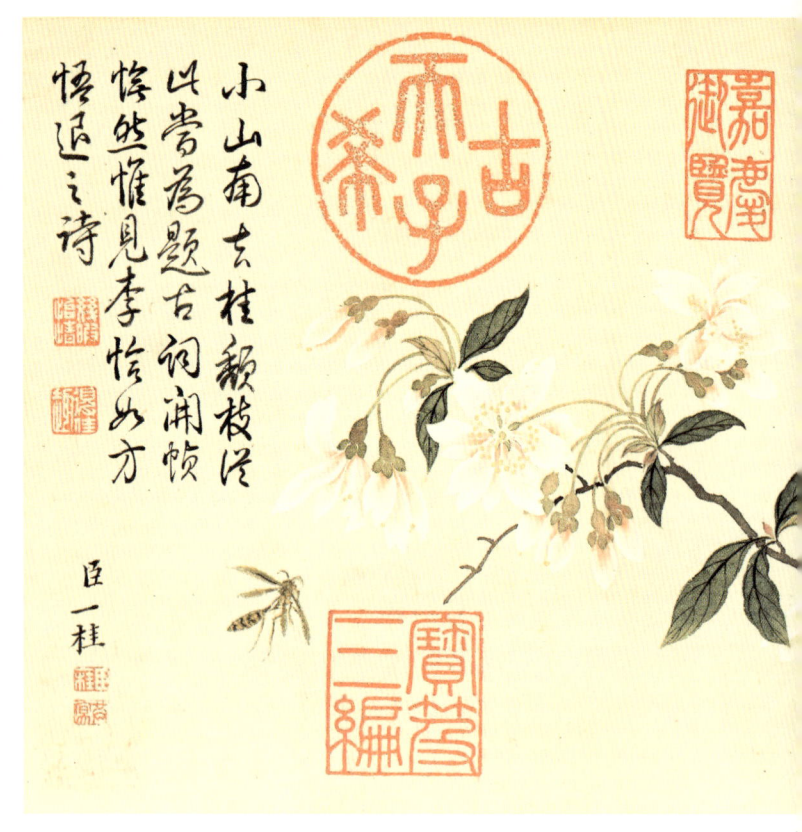

（今江苏宜兴）做官时，突然间醒悟了，遂跳出老学别人的旧路子，只照自己的感觉来写，反倒容易了，写起来也文思泉涌，收都收不住，于是公余之暇就跑到田野里采风，看见什么写什么，四个月时间写了近五百首诗，于此成就了《荆溪集》，也渐渐成就了自己的风格，即后人所谓自然又有情趣的"诚斋体"。

第一篇·春

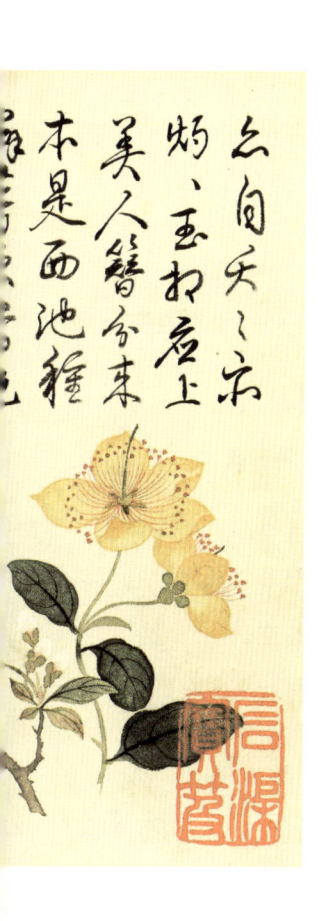

　　李花，李树的花。植物"李"，又名玉梅，古称嘉庆子，为蔷薇科落叶小乔木，花期多在春天。花小，色白，繁茂，色泽素雅，花香清新。李花形似梨花，但梨花红蕊，李花黄蕊，梨花瓣微挽，李花瓣四散。

　　桃红李白，李花以其洁白秀美、质朴清纯而深受人们喜爱，常被用来与桃花争艳，形容春天，故有"桃李争春""夭桃秾李"之说。

19

杏花

月夜与客饮杏花下

◎ 宋·苏轼

杏花飞帘散馀春[1]，明月入户寻幽人。
褰衣[2]步月踏花影，炯[3]如流水涵青蘋[4]。
花间置酒清香发，争挽长条落香雪。
山城薄酒不堪饮，劝君且吸杯中月[5]。
洞箫声断月明中，惟忧月落酒杯空。
明朝卷地春风恶，但见绿叶栖残红[6]。

[1] 馀春：残春。散馀春，一作"报馀春"。韦应物诗："涧树含朝雨，山鸟呼馀春。"
[2] 褰衣：提起衣裳，拽起衣裳。李端诗："弱竹万株频碍帻，新泉数步一褰衣。"
[3] 炯：光明貌。这句的意思是说月下微风里，地上花树的影子如流水中摇曳的水草。苏轼《记承天寺夜游》："庭下如积水空明，水中藻、荇交横，盖竹柏影也。"
[4] 青蘋：一种生于浅水中的草本植物。李峤诗："青蘋含吹转，紫蒂带波流。"
[5] 杯中月：指月下杯中酒。苏过诗："寿公且吸杯

中月,清夜频移鉴里舟。"

⑥残红:残花,落花。王建诗:"树头树底觅残红,一片西飞一片东。"

杏花是春天的代表性花卉,树大花多,特别醒目,因此经常出现在古人的诗词之中。它那不张扬、不做作的自然美,被视为春天令人着迷的特征。

宋熙宁十年(1077)四月至元丰二年(1079)三月,苏轼任徐州知州,这首诗便作于当时。徐州任内两年,除政绩可观外,苏轼还结识了不少文人后辈与高僧,如秦观、黄庭坚、张耒、道潜等。某日,四川同乡张师厚赴京赶考途经徐州,来访苏轼。当时府中杏花开得正盛,苏轼便于花间置酒,招待张师厚,并邀了相从问学的两青年人王子立、王子敏作陪。席间,两青年还吹箫以助兴,苏轼颇为感慨,因而写下这首幽美的诗。

诗以"杏花飞帘"起笔,以"明月入户"相续,一下把人带入幽境之中。杏是落叶亚乔木,二月着花,花苞红色,半开时红里间白,大放则纯白。杨万里"绝怜欲白仍红处"一句写的就是杏花半开时,戴叔伦"一汀烟雨杏花寒"一句写的则是杏花大放时。此中"飞帘"的杏花,显然也是大放。唐朝长安城大雁塔南有一杏园,凡科举登进士第者,必先于杏园赐宴,复往雁塔题名。遂此"杏花飞帘"所指虚实并兼,实指眼前景物,道出暮春时节;虚则喻写张师厚此去京中,必榜上有名。张师厚后来离开徐州时,苏轼又作《送蜀人张师厚赴殿试》二首，其中亦有"一色杏花三十里，新郎君去马如飞"之句，意思也一样。"杏花飞帘"一联二意，引人入胜。

其下"褰衣步月"与"花间置酒"二联，则更如梦幻。尤其"褰衣步月"一句，将暮春月下花影勾勒如摇曳的水草，诗人与三五好友则相携漫步庭中，踏"草"涉"水"，沐香风而浴清月，大约尚未举杯，怕就要先醉了。苏轼与友人于此番仙境中围坐欢饮，时有杏朵袅袅而下，落在衣衫上，扑入酒器中，如此酒宴，真意趣不凡。诗至此若结，幽美至极。然转笔后三联，意境则顿入凄楚。那"不堪饮"的，何止"山城薄酒"；那"劝君相吸"的，又何止"杯中月"。春尽了，花总要残，酒尽了，人总要散。此中不舍又无奈的情思，于"山城"二句中暗含，却又在"惟忧""但见"二联中明见。其中最销魂当属"洞箫声断月明中"一句。试想，子立、子敏两白衣青年，端坐月下树影中，执箫吹奏，箫声呜咽，似泣似诉，杏花簌簌，如逝如舞……这相聚之景实为难忘。

"明朝卷地春风恶"一句，本是苏轼惜春怜花以及不舍宴席散去的话，不意却成了他的一道魔咒。此诗作罢月余，苏轼便离开徐州，改任湖州，且到任不足三月，"乌台诗案"发，他被诬陷下狱。彼时，亲戚故交想来怕受牵连，唯恐避之不及，唯曾于席间吹箫的子立、子敏不离不弃，送被摄的苏轼出城，并暖语相慰。之后，又将苏轼滞留湖州受惊的家眷安抚妥当，送达南都。再后，苏轼九死一生，被贬黄州。谪居黄州后不久，张师厚也过世了。几年后，子立亦亡。

南宋·马远《倚云仙杏图》

迎風呈巧媚
泛露逞紅妍

第一篇·春

杏花，蔷薇科杏属植物，杏花单生，先叶开放，花瓣圆形至倒卵形，未开时纯红色，开后淡红色，落时变为纯白色，花繁姿娇，是春季主要的观赏花种。

杏花花期当三春之中，代表着物色清妍、温暖宜人的美好季节。在宋代杏花为文人墨客争相吟诵，几乎所有著名文人都对杏花有所涉猎，或婉约或豪放，精彩至极，成为宋朝文坛的一大特色，也形成了"杏花村""杏花雨"等固定意象组合。

23

柳花

闲居初夏午睡起二绝句（其一）

◎ 宋·杨万里

梅子留酸①软齿牙，

芭蕉分绿与窗纱②。

日长睡起无情思③，

闲看④儿童捉柳花⑤。

①留酸：指食用梅子后留在齿间的酸涩感。张天赋诗："苗生初展绿，梅熟尚留酸。"
②芭蕉分绿与窗纱：芭蕉的绿影映在纱窗上。与窗纱，一作"上窗纱"。与，给予。
③无情思：无兴致，无情绪。
④闲看：无聊观望。刘克庄诗："平明挥锁无公事，闲看金鱼咽落花。"
⑤柳花：黄色，属柔荑花序。白居易诗："谁能更学孩童戏，寻逐春风捉柳花。"

这首诗全篇皆围绕诗题"初夏午睡起"来写。"梅子"一语，是说"初夏"，亦是说"午睡起"。初夏梅子尚未熟透，午睡前吃过，午睡醒来后酸涩仍在舌齿间。"芭蕉"一语，也是说"初夏"，也是说"午睡起"。初夏时节，渐渐该是"绿肥红瘦"了，芭蕉亦不例外，睡眼惺忪间望去，蕉影把窗纱映衬得愈见浓绿。这两句里的"留"与"分"，是点睛字粒。"留酸"，令人读之自觉口齿酸涩；"分绿"，又令人备有清凉之感。"日长"一语，总前结后；"闲看"一语，则是一幅好看图画。"柳花"即柳树的花，称"柔荑花序"，浅黄色，长一两厘米，样子像小虫，孩子们很爱捉来玩儿。想来，夏日长长，人午睡起来总是感觉懒洋洋的，大概唯有孩童们热闹玩耍的场面能唤起一些精神来。总言之，此诗所述不过消闲的日常生活，然闲笔不闲，极富情趣。

此诗之好，在"闲"；此诗之坏，亦在一个"闲"字。一来，题中已作"闲居"说明，句中"无情思"三字继为铺垫，后复言"闲"，便显繁赘。再者，以"闲"写闲，诗意上太过直白。古人讲，诗贵含蓄。所谓含蓄，就是藏而不露，且有余韵。杨万里笔下有不少类此的"闲"诗，如"岸巾独倚千寻树，闲看南云度北山"，又如"闲看月走仍云走，知是云忙复月忙"。试想，看"南云"与看"月走"，乃至看"儿童捉柳花"，本就是闲人所为，再言"闲看"，就嫌露了，实在多此一举。不过，同样是写闲情，有些诗中的"闲"字却必不可少。如王建的"妇姑相唤浴蚕去，闲着中庭栀子花"之"闲"，元稹的"白头宫女在，闲坐说玄宗"之"闲"，赵师秀的"有约不来过夜半，闲敲棋

明·仇英《捉柳花图》

子落灯花"之"闲",这些"闲"字,皆是诗眼,万万去不得。而像"闲看儿童捉柳花"之"闲",单就意思来讲,换作"坐""且""贪"似皆可,似皆比"闲"字好,比"闲"字耐品味。

另外,有人指摘:"'梅子留酸''芭蕉分绿'已是初夏风景,安得复有柳花可捉乎?"按常理论,杨柳开花飞絮,一般在三四月间,而梅子成熟则在五六月间,二者物候确实不同。诗中既言"梅子留酸",想来是未成熟之时,此或与迟花迟絮的杨柳恰巧同步了。若非如此,杨万里大约不会为了写一首诗而拼凑或杜撰。

柳花,即柳树之花,呈鹅黄色,先叶或与叶同时开放,寇宗奭《本草衍义》云:"柳花即是初生有黄蕊者也。"此外,柳花也多用来指柳絮。柳絮即柳树的种子,上面有白色绒毛,随风飞散如飘絮,所以称柳絮。

柳花自古以来就是早春的著名象征。古人多把杨柳同春光相联,还把它比作婆娑婀娜的少女。因柳与"留"谐音,古人也常用折柳相赠、系柳相依等形式表达思念亲朋、不舍别离之意。

玉兰花

玉兰花

◎ 明·文徵明

绰约①新妆玉有辉，素娥千队雪成围。
我知姑射②真仙子，天遣霓裳③试羽衣。
影落空阶初月冷，香生别院晚风微。
玉环飞燕元相敌，笑比江梅不恨肥。

> 文徵明（1470—1559），名璧，字徵明，因先祖是衡山人，自号衡山居士，人称文衡山或衡山先生。明代画家、书法家、文学家。曾官翰林待诏。诗、文、书、画无一不精，人称"四绝全才"。画史上与沈周、唐寅、仇英合称"明四家"。诗文上与祝允明、唐寅、徐祯卿并称"吴中四才子"。著有《莆田集》等。

①绰约：柔婉美好貌。白居易诗："楼阁玲珑五云起，其中绰约多仙子。"
②姑射：山名。《庄子·逍遥游》："藐姑射之山，有神人居焉，肌肤若冰雪，绰约若处子。不食五谷，吸风饮露。乘云气，御飞龙，而游乎四海之外。"后"姑射仙子"泛指美貌女子。

③霓裳：神仙的衣裳。相传神仙以云为衣以霓为裳。《楚辞·九歌》："青云衣兮白霓裳，举长矢兮射天狼。"

人们常分不清玉兰、木兰、辛夷三花。玉兰花白，木兰花内白外紫，辛夷则有紫、白二色。白花辛夷易与玉兰混淆。玉兰花九瓣而长而大，辛夷花六瓣而短而小。明代王象晋所撰《群芳谱》第三十八卷里讲："玉兰，花九瓣，色白微碧，香味似兰，故名。"

玉兰花以"色白"为妙。玉兰花的白，非死白，而是白中透着清光，透着一种质感，尤月下或露中观赏，实在可谓"冰肌玉骨"。文徵明这首诗咏玉兰花，便着意在这种独有的洁质上，且句句不落实处，像写意绘画一样，笔笔喻写。起以新妆佳人喻写一干一花的清纯模样，复以素娥成队喻写一树群花的翩跹美态，接以仙山仙子试着仙衣喻写其曼妙仙姿，后以月影生冷、晚风生香喻写其清雅气质，结以杨贵妃、赵飞燕比出其丰腴而不失轻盈的贵气，最后还不忘笑戏一笔，力赞其从容大方的风度。整首诗流畅自然不做作，舒展巧妙地表达出了对玉兰花由衷的喜爱。

文徵明出身官宦之家。他"生而少慧"，十一岁才开口说话。二十多岁开始考学，前后考了十次，时长近三十年，终究未考中。五十多岁时，经人推荐以贡生身份入翰林学院参与修书。未几，因不太适应官场捧高踩低的生活，对政治争斗心生畏惧，不得已辞了官。归乡后，便一心侍花弄草，吟诗作画。他修了"停云馆"，建了藏书楼，庭中遍植牡丹、海棠、菊花，还有梧桐与玉兰。书楼名曰"玉兰堂"，还刻了"玉兰堂"印，藏书多钤此印。他喜爱玉兰花，不仅写诗歌咏，也爱画玉兰花，且画了多幅。有一幅绢本设色立轴，绘一折枝玉兰，花数朵，或绽或未绽，朵朵有精神。题诗云："孤根疑自木兰堂，怪得人呼作女郎。绕砌春风怜谢傅，一天明月梦唐昌。冷魂未放清香浅，深院谁窥缟袂长。漫说辛夷有瓜葛。后开应是愧秾妆。"此诗起以木兰牵写，结以辛夷比写，中间一联以谢傅咏雪及唐昌观的玉蕊花比写出玉兰的洁貌与玉质，一联则描绘其月下的清孤神气。整诗结构清醒，语意晓畅，丝毫不逊上诗。还有一幅图，是长卷，题云："嘉靖己酉三月（1549），庭中玉兰试花，芬馥可爱，戏笔写此。"据题可知，画作于晚年。画中绘一株玉兰，主干樛曲有致，侧枝舒展飘逸，枝干共生数十朵花，或含苞，或半开，或怒放，不拘大小形态，个个丰腴光洁又不失柔美，颇有仙子月下翩舞的风范。观这样的画，读这样的诗，真是享受。

文徵明的绘画老师沈周也很喜欢玉兰花，也画了不少玉兰画，写了多首咏玉兰的诗。有一首云："翠条多力引风长，点破银花玉雪香。韵友自知人意好，隔帘轻解白霓裳。"此诗视玉兰花为"韵友"，并以其"知人意"来写物我的相悦与相好，就中大有李白"相看两不厌，只有敬亭山"的意思。另有一首云："贞蒨无妖艳，白贲幽除前。杪枝爱兀赘，丛玉天匠镌。清馥扬远风，标度逸于仙。我生具素怀，眼谢桃李妍。指酒通微辞，愿言修净缘。"此诗前三联写花的美好，后二联直抒胸臆。其中"生具素怀"而期与玉兰"修"一份"净缘"之心，大概便是沈周、文徵明或者更多似他们一般的古文人喜爱玉兰并对其歌咏不绝的因由。别人且不论，就文徵明而言，他前半生孜孜求仕无果，后半生却并未因此失去积极生活的信念。据闻，他虽曾热衷功名，却拒绝了朝廷对其父的抚恤。他虽不得志，乡居于里，却极喜参加类似曲水流觞、品茗听琴这样的文人雅集。他虽与唐寅、祝允明等人交好，却拒绝同他们一起狎妓。他五十岁后断房欲，一生与妻子相濡以沫。他性格宽厚，平民求画，有求便应，却拒绝给宗藩、权贵、外国人画画。有人仿造他的画作，他便以真迹跟人调换，减少买画人的损失。综其事迹来看，文徵明的性情里好像也具有一种朴素不华的清气，这与玉兰花的洁白无瑕颇为相合。基于此，再回看他画的玉兰花，其心其意便很明朗；再回读他咏玉兰的诗，也就觉得格外不同了。

玉兰：木兰科落叶大乔木，树高可达十数米。树冠卵形，枝条疏生。芽和嫩枝有毛。叶片倒卵形。早春三四月开花。花先叶而放，九瓣，色白，瓣底微红，形似莲，有香气。果实褐色。种子红色。屈原《离骚》云："朝饮木兰之坠露兮，夕餐菊之落英。"唐宋人诗中常以"辛夷"歌咏之。"玉兰"之名，见与明代王世懋《学圃余疏》："玉兰早于辛夷，故宋人名以迎春。今广中尚仍此名。千干万蕊，不叶而花。当其盛时，可称玉树。树有极大者，笼盖一庭。"

棠梨花

碧瓦

◎ 宋·范成大

碧瓦①楼头绣幕遮,

赤栏桥②外绿溪斜。

无风杨柳漫天絮,

不雨棠梨③满地花。

范成大(1126—1193),字至能,号石湖居士,平江(今江苏苏州)人。绍兴二十四年(1154)进士,初授户曹,历官监和剂局、处州知府,累官吏部尚书,拜参知政事。诗广益多师,题材丰富,风格平易浅近、清新妩媚。与尤袤、杨万里、陆游并称"南宋四大家"(又称"中兴四大诗人")。有《石湖集》等。

①碧瓦:青绿色琉璃瓦。梅尧臣诗:"引水开石池,结宇覆碧瓦。"
②赤栏桥:亦作"赤阑桥",指红色栏杆的桥。温庭筠诗:"正是玉人肠断处,一渠春水赤阑桥。"

③棠梨：又名白棠，蔷薇科梨属落叶乔木。《本草纲目》："棠梨树似梨而小，二月开白花。"

棠梨花常被用来抒发相思、怀念等情感，在这首诗中同样如此。

这是一首闲情交织着淡愁的诗。暮春光景里，诗人置身一处，望"碧瓦楼头"空，看"赤栏桥外"水，见眼下"杨柳"漫天飞絮，"棠梨"落花满地，时光荏苒及物是人非之感油然而上心头。

此诗就结构而论，前二句情景华丽，后二句相对朴素，对比感很强。就情理来说，则有别于一些怨风吹絮、恨雨打花之作，其伤而无怨，并道出一个自然规律——暮春时光，柳絮该飞就得飞，不关风的事；棠梨花当落也得落，不关雨的事，光阴的流逝，物事的转变，任谁都阻挡不住。而那些人们乍见的真相，其实往往是"冰底水"，一直在悄悄发生着改变，只是人不觉察，或假装不觉察罢了。范成大是觉察者，至少在这首《碧瓦》诗里，他觉察到了"碧瓦楼头"的故事不会一成不变，"赤栏桥外"的人情也会时过境迁，觉察到了杨柳与棠梨会遵循自然规律盛衰生灭，或者由此牵想到更多也未可知。

《汉书》卷八十七《扬雄传》载："于是事毕功弘，回车而归，度三峦兮偈棠梨。"唐人注曰："棠梨，宫名。"后来诗词中常以棠梨泛指帝宫。据此，有人把这首诗解释成讽喻之作，认为"不雨棠梨满地花"与"碧瓦楼""赤栏桥"

第一篇·春

/ 33

清·石涛《花卉册·梨花》

相呼应，意在暗喻苟安中的南宋朝廷岌岌可危之局面。此说倒也不能算是错，却似有过度解读之嫌。

范成大另有《华山道中》云："过午曾云未肯开，暖寒村店竹初灰。萧萧林响棠梨战，晚恐阳山有雨来。"这首诗也提到了棠梨，不过侧重的不是花，而是叶。棠梨俗称野梨，也叫杜梨、豆梨，开白花，花落结暗红小果，经秋后，叶色由绿转红，红叶似比花还好看。范成大前诗中的"满地"棠梨花是白色，杨柳的飞絮也是白色，两种植物纷飞的白花、白絮交织乱舞，成为诗人当时心绪的旁白。这首诗中，就"暖寒村店竹初灰"一句，显然写的是深秋时节，而山雨来前棠梨红叶萧萧"战"野风之声，也是诗人旅途中情感活动的表达。

棠梨花，棠梨树的花。棠梨，又名甘棠，别称野梨、杜梨、豆梨，蔷薇科梨属落叶乔木，株高数米，花多为倒卵形，白色。

棠梨自古以来就有着多种蕴意，除了离愁别绪，另外一个比较重要的文化涵义是称颂统治者的德政和对民情的体恤，之后也被白居易等诸多文人引申为抒发自己政治抱负、为百姓创造安居乐业生活的理想。

枣花

浣溪沙

◎ 宋·苏轼

簌簌①衣巾落枣花,
村南村北响缲车②。
牛衣③古柳卖黄瓜。

酒困路长惟欲睡,
日高人渴漫④思茶。
敲门试问野人家⑤。

①簌簌：纷纷坠落貌。苏轼词："簌簌无风花自堕。"
②缲车：抽茧出丝的工具。缲，同缫。
③牛衣：麻织的衣服。一作"牛依"，一作"半依"。
④漫：本意延展、扩散。此处是随意、不经意之意，指诗人口渴，想着到哪里喝些茶水。
⑤野人家：乡村人家。苏轼诗："山下野人家，桑柘杂榛菅。"

第一篇·春

近现代·吴冠中《枣树儿童》

北宋熙宁四年（1071），苏轼因上书王安石所主张推行的新法弊病被弹劾而自请出京外任，他一路从杭州转任到密州、徐州、湖州。熙宁十年（1077），苏轼到任徐州，先遇洪灾，后遭旱灾。尤其是旱灾，旱到"烟尘蓬勃，草木焦枯"，苏轼于是携众前往城东二十里处的石潭祈雨。后来果然下了雨，故又复往，以谢神灵。这阕词便是谢雨途中所作，读来很有动感。

上阕写行进中所遇，由枣花纷飞的小路渐行向某一村落，远远听见村里缲车的响声，走近些则见柳荫下穿着粗布衣的农人在摆摊卖黄瓜。周汝昌先生论此词说："花落衣上，簌簌有声，何花也而具此斤两？"枣花确与别花不同，花朵极巧小，三五簇生，色淡黄，气味甜香。白居易有诗"春衫细薄马蹄轻，一日迟迟进一程。野枣花含新蜜气，山禽语带破匏声"，其中便写到枣花的香味。王曙有诗"枣花至小能成实，桑叶惟柔解吐丝。堪笑牡丹如斗大，不成一事只空枝"，此则是写枣花的小巧。枣花还有个特点，即花梗长，花朵结实质重，打在人身上，细听确有声响。"簌簌"一词，不仅形容出枣花落在衣巾上的动静，更主要是写出在人眼中纷纷坠落的姿态。南宋曾慥所著《高斋诗话》云："村南"一句与道潜诗"隔林仿佛闻机杼，知有人家在翠微"以及秦观诗"菰蒲深处疑无地，忽有人家笑语声"大同小异，皆奇句。细体会，后二诗可谓完美解释了"村南"一句。"牛衣"一句则是前句的递进，也把词人之行向前推进一步。

下阕由"酒困路长"总结前行，并引出"日高人渴"，引出"敲门试问野人家"。周汝昌先生又论说："看来，古柳下之黄瓜，早已试过了，了不济事，唯思茶浆，方能解渴。"此论既是对词的妙解，也从侧面说明了苏轼为人之有趣。总言之，此词所述看似是很平常的物事，却写得生动有趣，不仅描绘出被雨滋润后农村初夏的繁荣景象，也把个人旅行的愉快感受隐藏其中，结尾文虽尽而意不止，令读者思绪随着"敲门试问"一句展开，并暗自追问下去。

这次谢雨之行中，苏轼一共作了五阕《浣溪沙》，此是其一。另外几阕，刻画乡村物事也多有情趣。在诸如"麋鹿逢人虽未惯，猿猱闻鼓不须呼。归来说与采桑姑""老幼扶携收麦社，乌鸢翔舞赛神村。道逢醉叟卧黄昏""麻叶层层檾叶光，谁家煮茧一村香。隔篱娇语络丝娘"等句中，读者从他的着眼之处，似可推想苏轼为官的态度。

枣花，枣树的花，多在五月开花，花期较短。颜色清新，淡黄或淡绿，有淡淡的清香，枣花蜜则是蜜蜂的最爱。

枣花与别的花不同，花小且为多为淡黄色，很难引起人们的注意。枣花的花香同样清新，要靠近才能闻到。但数不清的枣花聚在一起，就能吸引勤劳的蜜蜂，花落之后更以累累硕果的形式延续。因此自古以来，枣花的勃勃生机和清新的花香一直是文人吟诵的对象，并成为暮春的象征。

海棠

春寒

◎ 宋·陈与义

二月巴陵①日日风,

春寒未了怯园公②。

海棠不惜胭脂色③,

独立濛濛④细雨中。

陈与义(1090—1139),字去非,号简斋,洛阳(今河南洛阳)人。政和三年(1113)登上舍甲科进士,任太学博士、符宝郎、陈留酒监等职。诗尊杜甫,号为"诗俊",与"词俊"朱敦儒和"文俊"富直柔同列"洛中八俊"。诗风前期清新明快,后期雄浑沉郁。工于词,词风豪放处尤近于苏轼。有《简斋集》。

①巴陵：郡名。治所在今湖南岳阳。
②园公：指诗人自己，诗人自注"借居小园，遂自号园公"。
③胭脂色：指海棠白里透红的花色。曾几诗："谁将山杏胭脂色，来作江梅玉颊红。"
④濛濛：一作"蒙蒙"。

海棠种类很多，木本中有四大品，即西府海棠、垂丝海棠、木瓜海棠、贴梗海棠。四品之中，最令人称道的是西府海棠。其花二月开，五瓣，花苞色若胭脂，点点欲燃，绽后则粉红间白，大有佳人淡妆之韵，尤其着些雨丝儿，花朵愈发水灵可人。陈与义这首诗所咏，即雨中的西府海棠，将海棠艳丽但又高雅的风姿描绘得淋漓尽致。

此诗作于"靖康之难"后，彼时诗人为避战乱辗转至岳阳，借居郡守小园内，故自号"园公"。乱世兵危，客居异乡，寄人篱下，诗人对未来惶恐而又迷茫。正是在这样的心情之下，又恰逢春寒料峭的二月，日日风来雨去，却看见园中一株海棠花正放，绿叶朱颜，楚楚立于细雨中，可怜的姿态打动了陈与义。他见雨中花，犹见乱世流离中的自己。海棠的"不惜"，正是他的"自惜"；海棠的雨中"独立"，亦是他当时借居人檐下迷茫的心境写照。

古来咏海棠的诗句颇多，苏轼有一首《寓居定惠院之东》，是他谪居黄州时所作，且是典型的借物咏怀之作。诗中以拟人法写海棠，就"嫣然一笑竹篱间"一句，堪比陈与义之"独立濛濛细雨中"。此二句不仅可见海棠的泣笑两妍

小雨莎棂下海棠嫣十分惜花不忍折寫此更慇勤　項孔彰湯興

海棠秋二好况貼梗畫絲西府名鵝膁東灵力護持楚淵林有恨杜子美聖僧晤曰濃簷下幽香醉自知家秋穎

明·項聖謨
《花卉十開·折枝海棠》

姿,而且陈诗显然是受了苏诗的影响,寄意也近似苏诗中的"天涯流落俱可念"。

古来咏雨中花的诗也多。如杜衍咏雨中荷花云:"翠盖佳人临水立,檀粉不匀香汗湿。"周紫芝咏雨中杏花云:"东风脉脉情何限,细雨濛濛泪不休。"胡仲参咏雨中茶花云:"荼䕷开尽见山茶,血色娇春带雨斜。"赵葵咏雨中菊花云:"黄菊无藉秋光老,犹自离披带雨开。"诸诗相较,还要属陈与义此首最雅致,最含蓄有情。

海棠,蔷薇科苹果属植物,海棠树态峭立,似亭亭少女,花朵一般为五到八朵,红粉相间,叶子嫩绿可爱,果实鲜美诱人。花未开时,花蕾红艳,似胭脂点点,开后则渐变粉红,有如晓天明霞。嗅之既香且艳。

海棠有"花中神仙""花贵妃""花尊贵"之称,古代皇家园林中常与玉兰、牡丹、桂花相配植,寓意"玉棠富贵"。海棠花又因其花朵娇艳,雨中更是妩媚动人,常用来比喻美人,故有雅号"解语花"。宋朝灭亡之际,蜀地海棠还成了诗人渴望家国复兴、思念故国家园的象征。

丁香

洛阳春

◎ 宋·韦骧

冷艳①幽香奇绝。

粉金裁雪②。

无端又欲恨春风,恨不解、千千结③。

曲槛④小池清切。

倚烟笼月。

佳人纤手傍柔条,似不忍、轻攀折。

韦骧(1033—1105),本名让,避濮王讳改名,字子骏,钱塘(今浙江杭州)人。皇祐五年(1053)进士,除知袁州萍乡系。历福建转连判官,主客郎中。出为夔路提刑。建中靖国初(1101),除知明州丐宫祠,以左朝议大夫提举洞霄宫,卒。其诗文辞藻丽,"颇有自然之趣"。有《钱塘集》。

①冷艳：形容素雅美好。丘为诗："冷艳全欺雪，馀香乍入衣。"
②粉金裁雪："粉金"指丁香的黄色花蕊，"裁雪"指丁香绽开的白色花瓣。
③千千结："千千"形容数量多，"结"形容待放的丁香花。赵长卿词："丁香枝上千千结。怨惹相思切。"
④曲槛：回廊上的栏杆。许浑诗："水虫鸣曲槛，山鸟下空阶。"

丁香是可爱之花，花朵极小且繁，一大枝上有数分枝，分枝上又有数小枝，花一开，看一朵是一朵花，看一小枝是一朵花，看一大枝也是一朵花。花未开时，蕾状若钉，故名"丁香"。也似扣结，又名"百结花"。古人咏丁香，多由其花似扣结上生发，如"寸心恰似丁香结""愁肠岂异丁香结""丁香空结雨中愁"等。

韦骧此词咏丁香，所用是宋词咏花最常见的结构，即上阕写花，下阕写人。上阕写花，则写其色、香、态，尤其是丁香之形态，亦是从其将开未开的样子着手；下阕写人，也是从花的"不解"与"千千结"引申出来，原来"恨春风"者并非丁香，而是"佳人"，并进一步将花的蕾"结"与佳人恨春风的心"结"交织在一起，最后以"似不忍、轻攀折"写出人的怜花与自怜，其中意味近似李商隐的诗句"芭蕉不展丁香结，同向春风各自愁"。古来咏丁香诗词颇多，这阕词有人与花的互动，辞藻亦不秾丽。

丁香花有白、紫二色，白色清纯，紫色优雅。待花齐绽后，更将人牵绊不前，尤其清早起来，于微微霞色里望去，煞是好看，雨后、月下则更佳。人立花前，纵非"佳人纤手"，纵心无"千千结"，也还是不忍"轻攀折"的。而就韦骧此词中"冷艳幽香"与"粉金裁雪"判断，所咏应是白丁香。

王国维有阕《点绛唇》云："屏却相思，近来知道都无益。不成抛掷，梦里终相觅。醒后楼台，与梦俱明灭。西窗白，纷纷凉月，一院丁香雪。"此词所写月下白丁香，亦绝美，所写"西窗"之思，则忧伤而感人。咏紫丁香之作，则可读一读当代傅义的《满庭芳》："小巷深深，空门寂寂，恐惊眠榻精魂。玉炉金磬，琼树共晨昏。脆瓣悠然自坠。真个是、花雨缤纷。晴空里、青旗紫盖，香雾尚氤氲。芸芸。翻可诩，纤柔不靡，团结成群。任蜂蝶颠狂，敢亵清神。惜自才媛去后，谁犹悟、三世缘因。惟赢得、兰成萧瑟，蹀躞蹑芳尘。"此词睹物生思情，哀婉笔调颇类古人，写花也颇有神韵。

丁香，属落叶灌木或小乔木，因花筒细长如钉且香故得名。开花繁茂，花色白、紫，皆淡雅有致，极芳香。其花未开时，花蕾似绳结，密布枝头，称丁香结。

唐宋以来，文人常常以丁香花含苞不放，比喻愁思郁结，难以排解，用来形容男女、亲友间深重的离愁别恨。也有诗人以丁香之淡雅清幽、外朴内秀形容美人，或喻己之高洁情趣。

第一篇·春

清·任颐《花卉十二开·芙蓉丁香图》

辛夷

辛夷坞①

◎ 唐·王维

木末②芙蓉花③,

山中发红萼。

涧户④寂无人,

纷纷⑤开且⑥落。

王维(701—761),字摩诘,号摩诘居士,祖籍太原祁县(今山西祁县),徙居蒲州(今山西永济)。开元九年(721)进士,历官右拾遗、监察御史、河西节度使判官等,后任尚书右丞,世称"王右丞"。精通诗书音画,以诗名盛于开元、天宝间,尤长五言,因擅咏山水田园,与孟浩然合称"王孟",故"山水田园诗派"又称"王孟诗派",其诗以清新淡远,形神兼备的风格,被评"诗中有画,画中有诗"。因笃诚奉佛,有"诗佛"之称。有《王右丞集》。

①辛夷坞:诗人王维时居辋川别业中的景观之一,因盛产辛夷花而得名,今陕西省蓝田县内。坞,指周围高而中央低的谷地。

②木末：树梢。傅玄诗："春荣随露落，芙蓉生木末。"

③芙蓉花：水芙蓉，即荷花，此处指辛夷花，因辛夷绽放形色似荷花。裴迪诗："况有辛夷花，色与芙蓉乱。""木末"一句易使人将辛夷误认为木芙蓉。木芙蓉是锦葵科植物，辛夷是木兰科植物。

④涧户：山涧边生活的人家。卢照邻诗："涧户无人迹，山窗听鸟声。"

⑤纷纷：众多，乱貌，此处形容辛夷花乱落貌。萧纲诗："上林纷纷花落，淇水漠漠苔浮。"

⑥且：表示暂时。此字既包含辛夷花开落的过程，也表达出花期之短。

周汝昌先生曾论苏轼词："手笔的高超，情思的深婉，使人陶然心醉，使人渊然以思，爽然而又怅然。一时莫明其故安在。继而再思，始觉他于不知不觉中将一个人生的哲理问题，已然提到了你的面前，使你如梦之冉冉惊觉，如茗之永永回甘……"周先生此番妙论，用在王维的某些诗上也熨帖。王维的有些诗虽少有婉转的情思"使人陶然心醉"，却常常诗中有景、句中有画，且景画之境每每清净绝尘到"使人渊然以思，爽然而又怅然"。比如"明月松间照，清泉石上流"，比如"雨中山果落，灯下草虫鸣"。他的有些诗有一些"人生的哲理问题"隐约其中，叫人读之"如梦之冉冉惊觉""茗之永永回甘"。比如"人闲桂花落，夜静春山空"，比如"行到水穷处，坐看云起时"，又比如这首《辛夷坞》，体现了诗人在自然中体悟生命的本真。

此诗是王维辋川诸题之一。辛夷坞是辋川中的一片谷地,因盛产辛夷而得名。辛夷是落叶乔木,花红、紫二色,开在枝端,花苞形貌似笔头,故又称木笔,因其初春开花,又名应春花。此诗上联写辛夷花开,下联写辛夷花落。两联,两境。上联是一番昌盛之境,下联是一番幽静之境。其中"木末""芙蓉花""发红萼"几词写尽辛夷花的形貌色态;"开且落"三字写明花期短促,也写尽花的一生;"纷纷"二字则写出其怒放的闹与凋败的静。"涧户寂无人"五字看似最不相干,却是最好的一句,是上下两联的背景。若无此句作设,前联所言,就未见得好,后联所言,也就更无甚意味。最好且最令人"如梦之冉冉惊觉,如茗之永永回甘"的是"纷纷"一句,此句诠释了一种极好的生命状态,即静静活着,于世之边缘,远离热闹,远离参照,远离所谓的成败,远离一切鄙夷、赞美、讨好,经历属于自己的春秋,领受属于自己的霜雨,不争不骄,无忧无怨,该怒放就怒放,该败落就败落,默默经营自己,经历自己,完成自己。

　　王维晚年隐居于辋川,唯茶铛、药臼、经案、绳床相伴,活得像极了他笔下的辛夷花。

　　另外,张九龄有《感遇》诗云:"兰叶春葳蕤,桂华秋皎洁。欣欣此生意,自尔为佳节。谁知林栖者,闻风坐相悦。草木有本心,何求美人折。"此诗意思与王维诗意类同。王维是个骄傲的人,他很少行干谒事,却曾给张九龄投过干谒诗,并在诗中很中肯地赞美张九龄的为人处世。由此二诗所流露出的思想,大概可推知二人之意气相投。

明·沈周《辛夷墨菜图》(局部)

第一篇·春

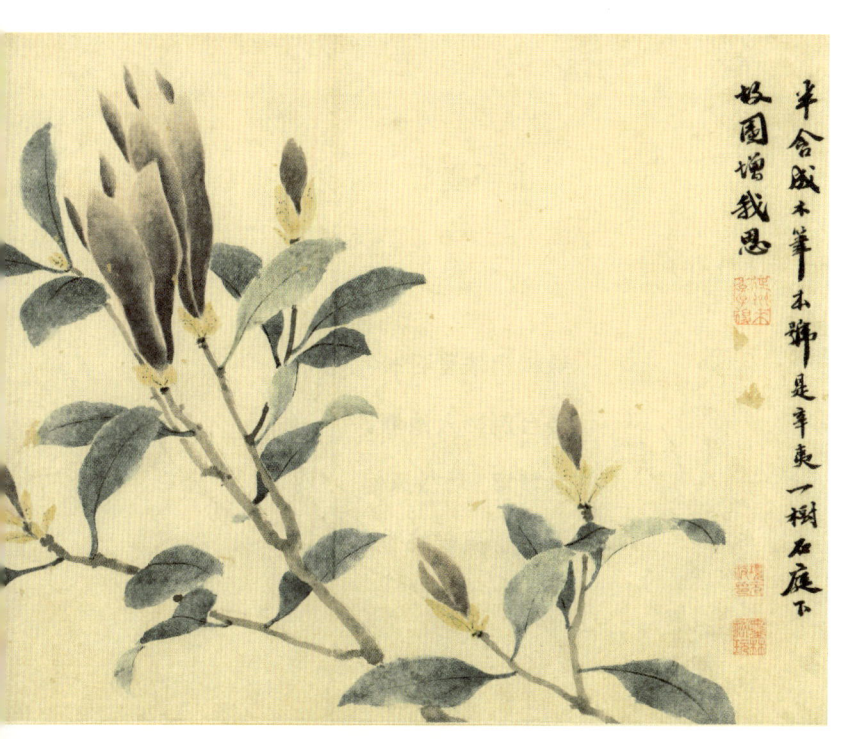

辛夷，别名林兰、木莲、紫玉兰、望春花等，花于叶前开放，或近同时开放，呈钟状，有红、紫、白、黄多种颜色，外面基部带紫红色，花香独特，能制名贵香料。传说花名来自李时珍，"辛"意为气味辛香，"荑"指含苞未放的花蕾。

辛夷高雅倩丽，因白居易的"从此时时春梦里，应添一树女郎花。"被后人称为"女郎花"。而辛夷高贵的花香，不与桃李争艳的别致，也屡屡成为文人描写的对象。

/ 51

蔷薇

山亭夏日

◎ 唐·高骈

绿树阴浓夏日长^①,

楼台倒影入池塘。

水精帘^②动微风起,

满架蔷薇一院香。

高骈(821—887),字千里。幽州(今北京)人,祖籍渤海蓨县(今河北景县),先世为山东名门"渤海高氏"。南平郡王高崇文之孙。僖宗时历天平、西川、荆南、镇海、淮南节度使,因镇压黄巢起义军被唐僖宗加授道行营都统、盐铁转运使。后慑于义军声势,又因内部倾轧,遂坐守扬州,割据一方。光启中为部将所杀。因身为武臣,而好文学,被称为"落雕侍御",其诗"雅有奇藻"。《全唐诗》编有诗一卷。

① 夏日长:夏季的白天比较长。古人往往以夏日之长与冬日之短来作为诗词内容,如张籍诗:"无事门多闭,偏知夏日长。"
② 水精帘:一作"水晶帘",指用水晶制成的帘子,或喻指质

地精细而色泽莹澈的帘子。温庭筠诗："水精帘里颇黎（玻璃）枕，暖香惹梦鸳鸯锦。"

这首诗题为"山亭夏日"，全诗句句不离题。首句写"夏日"，二句写"山亭"，三句写"亭"内，四句写"亭"外。四句四景，合成一幅夏日画卷，可谓人闲物静，风光甚美。

有人说，"水精帘"是写池塘之水，"动"是指风吹水面泛起的涟漪。这样理解，也不能算错。不过，这首诗的情致，全在"水精帘"三字。这三个字里有人，之前的"夏日长"、中间的"楼台倒影"、之后的"满架蔷薇一院香"，皆是"水精帘"后那个人的觉与见。把"水精帘"理解为水，是将此诗解死。因帘若是言水，诗外那人当处何地？处于树荫下，如何能感知"夏日长"？"夏日长"显然是午睡起来的慵懒之感。若处于蔷薇架下，花香又何须"微风起"才闻得到？此"水精帘"，恰似韩偓"深院下帘人昼寝，红蔷薇架碧芭蕉"之意，是帘内人与帘外世界的和谐共在。当然，这个帘内人未必非得是佳人。若是，则风致愈妙；若非，也不妨碍这种和谐共在的美好。邓钟岳《南轩即事》云："松阴庭院午风凉，压架青萝绕画廊。欹枕不知清梦破，一帘微雨枣花香。"诗中枣花香气破清梦之意，正是高骈此诗的完美注释。

蔷薇花极香，还繁，枝蔓依援，开则成锦。诗中"满架"是言蔷薇依墙援架之态，"一院香"是形容蔷薇浓久弥

南宋·马远《白蔷薇图》

漫之香。古人咏蔷薇，多从这两方面入手，如"东风一架蔷薇雪""一架蔷薇四面垂""落尽蔷薇一架红"等。元稹有《蔷薇架》云："五色阶前架，一张笼上被。殷红稠叠花，半绿鲜明地。风蔓罗裙带，露英莲脸泪。多逢走马郎，可惜帘边思。"此则把一架蔷薇绘成一条薰笼上的被子，绿地红花，煞是好看。司马光则有诗句云："宝相锦铺架，酴醾雪拥檐。"更为简洁明了，同是写蔷薇，"宝相锦铺架"五字就道尽了元稹一首诗的内容。

宝相，是蔷薇花的一种。《广群芳谱》云："蔷薇，一名刺红……他如宝相、金钵盂、佛见笑、七姊妹、十姊妹，体态相类，种法亦同。"明代沈明臣有《萧皋别业竹枝词》云："田小三郎唱得工，七姊妹花开欲红。林静三更鹧鸪月，溪腥一阵鸬鹚风。"也是一首咏蔷薇的趣诗。

> 蔷薇，蔷薇科蔷薇亚属落叶小灌木，常作攀援状，茎蔓延多刺。花常是六七朵族生，为圆锥状伞房花序，有微香。种类众多，有白、黄、粉等多种颜色。
>
> 蔷薇花开于春季，故在诗文中多与初春生机之喜与感时伤怀之愁相连。蔷薇柔弱、茂盛、娇美，需依仗坚墙或竹篱的扶持才能够葳蕤，因此多用来形容慵懒的女子，或是诗人自己的心情，通常也被视为爱情的象征。

紫桐花

寒食江畔

◎ 唐·白居易

草香沙暖水云晴，风景令人忆帝京①。

还似往年春气味，不宜今日病心情。

闻莺树下沈吟②立，信马江头取次行③。

忽见紫桐花怅望，下邽④明日是清明。

白居易（772—846），字乐天，号香山居士，祖籍太原（今属山西），后迁居下邽（今陕西渭南），出生于新郑（今属河南）。贞元十六年（800）进士，官至翰林学士、左赞善大夫。与元稹共同倡导新乐府运动，世称"元白"，与刘禹锡并称"刘白"。诗歌题材广泛，形式多样，语言浅近通俗。有《白氏长庆集》。

①帝京：指京城长安，今西安。
②沈吟：即沉吟。
③取次行：随便行走，任意行走。白居易诗："遇客踟蹰立，寻花取次行。"
④下邽：今陕西的渭南地区。白居易祖籍山西太原，曾祖时

移居华州下邽县。白居易诗:"下邽田地平如掌,何处登高望梓州。"

唐宪宗元和六年(811),白居易的母亲辞世,他离任京兆府户曹参军,从京中还居下邽县为母亲守孝。三年后,复职并授太子左赞善大夫。未几,因越职言事遭人弹劾,有人又诽谤他守孝期间著"赏花"及"新井"诗有害名教,遂被贬往江州(今江西九江)任司马。此诗即作于江州。诗的结构一目了然,以"江畔"之行为线索,先是由行之所见的草、沙、水、云等风景,牵出"忆帝京",即忆在朝时旧事。许是忆旧情绪太沉闷,随后树下逗鸟,沉吟一番,又继续前行,转眼又由"忽见"的紫桐花,牵出"下邽"之思,即思故乡故人。全诗联韵齐整,一丝不乱,情绪却婉转起伏,步步递进,至"忽见紫桐花怅望"而坠沉重。

桐的品种很多,包括梧桐、泡桐和油桐。梧桐是锦葵科乔木,油桐是大戟科乔木,泡桐则又属玄参科。紫桐属泡桐一科,清明前后开花,花朵较大,开则满树,落则满地,很能惹起见者的思乡或怀人情绪。白居易有好几首诗都写到紫桐花,比如和元稹的一首《初与元九别后忽梦见之及寤而书适至兼寄桐花诗怅然感怀因以此寄》以及写给元简的一首《酬元员外三月三十日慈恩寺相忆见寄》,都是借紫桐花抒情,表达怀友念友之心。本诗则是借紫桐花花期,点明"清明"时节。清明祭祖乃古来习俗。白居易祖籍太原,至曾祖时徙于下邽。下邽是家乡,也是祖父、父亲以及母亲归葬的

元·倪瓒《桐露清琴图》

地方。诗人当下居于江州,却背负着家国旧事以及贬谪新愁,在清明时节看到异地的紫桐花开,油然而生的纷杂情绪大概唯"怅望"二字可表。

白居易的诗以平易晓畅闻名,在表达深情的时候,这种平易风格似更显其汩汩不尽之力。比如这首诗,若换一手笔,或于"下邽明日是清明"后发挥出一些涕泪并下的句子来也未为不可。白居易却不这样写,他把一份本来很沉重的情感暗含在一树花开里,似有若无,点到即止。这种隐忍不发的表达方式,或许只有经历过一些世事的人才能体会。

> 紫桐花,紫桐属泡桐一科,桐花的一种,冠圆锥形、伞形或近圆柱形,清明前后开花,花朵较大,呈紫色,开则满树,落则满地。
> 桐花在清明时节应时而开,是春、夏递嬗之际的重要物候;清明作为我国的传统节日,其政治仪式、社会民俗也折射、聚集于桐花意象,使桐花成为思乡念亲的寄托。《周书》云:"清明之日桐始华"。中唐时元稹、白居易的吟咏还赋予桐花人格比拟意味;常栖于桐花之上的蓝喉太阳鸟"桐花凤"则被赋予了祥瑞、爱情等意义。

刺桐花

满江红

◎ 宋·辛弃疾

家住江南,又过了、清明寒食。

花径里、一番风雨,一番狼籍①。

红粉暗随流水去,园林渐觉清阴密。

算年年、落尽刺桐花②,寒无力。

庭院静,空相忆。

无说处,闲愁极。

怕流莺乳燕③,得知消息。

尺素④如今何处也,彩云依旧无踪迹。

谩⑤教人、羞去上层楼,平芜碧⑥。

辛弃疾(1140—1207),原字坦夫,后改字幼安,别号稼轩,山东东路济南府历城县(今山东济南)人。出生时故乡山东已为金人所占,少年抗金归宋,曾任江西安抚使、福建安抚使等职。后被主和派排挤,退隐山居。开禧三年(1207)

病逝，追赠少师，谥号"忠敏"。词风"激昂豪迈，风流豪放"，与苏轼合称"苏辛"，与李清照并称"济南二安"。有词集《稼轩长短句》。

①狼籍：即狼藉，形容落花的散乱貌。白居易诗："花园欲去去应迟，正是风吹狼藉时。"
②刺桐花：刺桐树的花。张籍诗："地僻寻常来客少，刺桐花发共谁看。"
③流莺乳燕：喻指鼓唇弄舌、搬弄是非之辈。
④尺素：书信。古诗："客从远方来，遗我双鲤鱼。呼儿烹鲤鱼，中有尺素书。"
⑤谩：空，徒。
⑥平芜碧：原野一片碧绿。李白诗："平林漠漠烟如织，寒山一带伤心碧。"

　　从字面上看，这是一阕伤春怀思之作。上阕主写伤春，伤风雨不住，伤绿树成荫而春花零落，其中两个"一番"写出这伤感的突兀，"暗随""渐觉"二句写出这伤感的沉切，"落尽刺桐花"数语写出这伤感的无奈。

　　刺桐，花火红色，极艳丽。王毂有诗句云："林梢簇簇红霞烂，暑天别觉生精神。秾英斗火欺朱槿，栖鹤惊飞翅忧烬。"这几句将刺桐花形容得极好。此词中虽未正面描写刺桐花容，但可以想见，如此艳丽的花朵开败凋落后便是残红满地，意味着料峭的春天结束，遂道"寒无力"。刺桐暮春夏初开花，如叶先萌芽而其花后开，则寓意好事。眼下清明

清 · 禹之鼎《刺桐花图》

前后花便落尽，显然所寓不利，由此可见，"寒无力"三字里含有不如意的情绪。

承此情绪，下阕转写怀思，连着两个六字句，直接点出这怀思，往下则陈述这怀思的欲说还休和焦灼难耐。其中"谩教人、羞去上层楼"是反笔，意思是已经上过好多回，"平芜碧"则是化用李白的"平林漠漠烟如织，寒山一带伤心碧"之"碧"，意在托出"伤心"。整阕词结构明了，情思婉转，堪称佳品。

从词中"家住江南，又过了、清明寒食"一句可知，这阕词作于南渡后不久（一说作于宋孝宗隆兴二年（1164），一说作于宋光宗绍熙三年（1192）至五年（1194）。就"又过了"几字推断，作于隆兴二年的可能性更大）。辛弃疾当时在江阴军签判任上。一年前，也就是隆兴元年夏，宋孝宗采纳张浚之建议，对金国发动军事进攻，符离之役，宋师全军溃退。辛弃疾向来关心国事，如此重大的事件不可能不在他心里产生反响。有了这个背景，再去看词中的"一番风雨，一番狼藉"，再去看"算年年、落尽刺桐花，寒无力"，似有了很浓的比兴意味，似在以暮春景象暗喻符离之败，而下阕所言之"闲愁"、所盼之"尺素"，大概也不囿于男女之情。

与此同一时期，辛弃疾还有另外两阕词可读。一阕《汉宫春》云："清愁不断，问何人、会解连环。生怕见、花开花落，朝来塞雁先还。"一阕《满江红》云："问春归、不肯带愁归，肠千结。……蝴蝶不传千里梦，子规叫断三更月。听声声、枕上劝人归，归难得。"前一阕作于绍兴三十二年（1162），后一阕作于隆兴元年（1163）。这两阕词，也都是人情世情交织来写，也都在表达同样一种"愁"，就是"还"与"归"。这三阕词合读，可见词人南渡初期的心路历程。

  刺桐花，别名鹦哥花。刺桐是落叶乔木，株高可达二十米，花萼佛焰苞状，花冠红色，远远望去，犹如一串串熟透了的辣椒。

  刺桐暮春夏初开花，旧有说法言刺桐若先萌芽后开花，则其年丰，否则反之，故刺桐又名"瑞桐"，有着红红火火、富贵吉祥的寓意。泉州是世界上最著名的以刺桐驰名世界的城市，有着"刺桐城"之美誉，因此刺桐花也常常被泉州的文人们用来指代乡愁。

紫荆花

得舍弟消息

◎ 唐·杜甫

风吹紫荆树,色与春庭暮。

花落辞故枝①,风回返无处。

骨肉②恩书③重,漂泊难相遇。

犹有泪成河,经天复东注④。

杜甫（712—770），字子美，自号少陵野老，祖籍襄阳（今属湖北），出生于巩县（今河南巩义）。早年南游吴越，北游齐赵，未中进士。安史之乱中，因麻鞋赴凤翔（今陕西宝鸡）见天子，被任左拾遗，后人称"杜拾遗"，后曾做过检校工部员外郎，世称"杜工部"。诗风多样，以沉郁为主，尤长于七律，与李白合称"李杜"，因其诗针砭时弊、关切疾苦、影响深远，其人被称为"诗圣"，其诗被称为"诗史"。有《杜工部集》。

①故枝：旧枝条。比喻旧的栖居处。此处比喻兄弟俩都离乡远宦。
②骨肉：比喻至亲。此处指诗人和弟弟。

近现代·徐悲鸿《紫荆花》

③恩书：帝王颁发的升职、赦罪之类的诏书。这句的意思是说骨肉兄弟再舍不得分离也不能抗拒帝王的旨意。

④犹有：仍然存在。《世说新语·言语》曰："顾长康拜桓宣武墓，作诗云：'山崩溟海竭，鱼鸟将何依。'人问之曰：'卿凭重桓乃尔，哭之状其可见乎？'顾曰：'鼻如广莫长风，眼如悬河决溜。'或曰：'声如震雷破山，泪如倾河注海。'""犹有"两句的意思是说兄弟分离令诗人很难过，以至泪落似天河下倾，东流注海。

据宋代黄鹤所注，这首诗作于唐乾元元年（758）暮春。当时，杜甫从左拾遗的位置上被贬到华州任司功参军，初由京城抵至贬地，同时得到远赴河南的弟弟来信，又恰见风中紫荆花落，遂感慨万千，写下此诗。

《艺文类聚》里有一个故事：有三兄弟分家，分完以后发现院子里的紫荆花树没有分，于是商量把它截成三段。第二天一早，当大家准备截树的时候，发现紫荆花都已经枯萎了。大家经不住感叹"人不如木"，于是又把家合了起来。而紫荆也奇迹般地复活了。于是人们把紫荆作为家庭和美、骨肉情深的象征。

杜甫此诗以"风吹紫荆树"一句起笔，既点明时令当是暮春，也是借紫荆的这个寓意起兴，往下以花落辞树、风回无返来喻写他们兄弟骨肉分离，东行的东行，西去的西去，各自奔波于仕途上，漂泊不定，相会无期。他想到这些，难过之情不可抑，因而不由得泪如倾河。

杜甫是深情之人，很看重亲情，四弟一妹虽非一母所生，却对他们爱护有加。有学者推断，杜甫父亲官阶至五品，他在父亲辞世后大概是将资荫、资产皆让与了诸弟，自己则凭靠应试、干谒以及献赋等方式四处辛苦求仕。遗憾的是，辛苦求得的仕途却并不顺遂，他在左拾遗的位置上没干多久便被贬往华州，在华州任上亦短暂停留些时，也就是在写下这首诗后不久，便遭遇了战乱饥荒，于是弃官西去。杜甫在后半生的流寓生涯中，与弟妹们更是遥隔万里，对弟妹们的牵念也更甚，也常因此"犹有泪成河"。

古来咏紫荆花的诗词不少，除了杜甫这首，还有一首颇有味道，即宋代韦骧的《紫荆花》："紫艳暮春庭，少陵诗思清。老蛟蟠曲干，丹矿缀繁英。花谱元无品，春工别有情。不随桃李色，俗眼莫相轻。"有了杜甫赋予紫荆的"诗思"，从此紫荆在世人眼里变得更为不同凡响。

紫荆花，又名紫珠、满条红，高可达四米左右，花紫红色或粉红色，数余朵成束，通常先于叶开放，放则成团簇状，团团簇簇的花朵拥挤枝头，一派亲密无间模样。

在我国的传统文化中，紫荆花有着同胞骨肉分而复合的团聚之寓意，通常有象征家庭和美、骨肉情深的意思。此外，因其花色偏红，花朵簇拥，也被视作繁荣、壮观、奋进的象征。

紫藤

紫藤

◎ 唐·许浑

绿蔓①秾阴紫袖低②,
客来留坐小堂西。
醉中掩瑟③无人会,
家近江南罨画溪④。

许浑(约791—约858),字用晦,一作仲晦,祖籍安州安陆(今湖北安陆),寓居润州(今江苏丹阳)。大和六年(832)进士,官虞部员外郎,睦、郢两州刺史,世称"许郢州"。诗长于律体,句法圆熟工稳,声调平仄自成一格,即所谓"丁卯体";题材以登临怀古、田园山水为佳,多写"水",故有"许浑千首湿"之称。有《丁卯集》。

①绿蔓:指紫藤之藤蔓。
②紫袖低:形容紫藤垂放的花穗。
③掩瑟:停止鼓瑟。许浑诗:"掩瑟独凝思,缓歌空寄情。"
④罨画溪:浙江长兴县溪名,在今浙江长兴县西,即长兴港自合溪至画溪的一段江道。《舆地纪胜》卷四载:"在长兴县西

清·蒋廷锡《藤花山雀图》

八里。花时游人竞集，溪畔有罨画亭。"刘焘诗："竹林深处杜鹃啼，两岸青青草色齐。欲识人间真罨画，朱藤倒影入清溪。"

紫藤之美，一美在藤，依援蜿蜒，如行如舞；一美在花，蝴蝶形，色紫，垂放之态煞是可爱。古文人喜于花下宴饮或消闲，而架植的紫藤花下则似最相宜。紫藤花冠似蝶，花开时蝶状花朵垂直向下，如紫瀑，加之虬枝盘干，叶子碧绿，在紫藤架下乘凉，品茗读书，臻于妙境。《敦煌曲子》有云"紫藤花下倾杯处，醉引笙歌美少年"，陆游有诗句云"绿树村边停醉帽，紫藤架底倚胡床"，查慎行有诗句云"最爱一轩幽绝处，紫藤花罩读书床"，皆为例证。

许浑这首诗所讲，就是在某年春意正浓时，诗人一行做客友人家，友人家里恰也有一架"绿蔓秾阴紫袖低"的紫藤。其中"绿蔓"是言其藤，"秾阴"是言其茂貌，"紫袖低"则赋予花以佳人的姿神。此一似佳人的紫藤，作陪主人待客"小堂西"，诗人见藤花而起思乡情，遂于席间饮而醉，醉中鼓瑟，鼓瑟间忆及故里，忆及故里的罨画溪。"罨画溪"乃古今名胜，位于浙江长兴县西八里，其水清澈，两岸多古木，多翠竹，也多紫藤。据载，每到紫藤花季，花香幽隐，藤蔓与木与竹纤结盘缠，倒影摇曳水上，时人竞相往游，如入画中。许浑祖籍湖北（一说河南），在江苏丹阳长大，成年后移居镇江。丹阳与镇江都离浙江长兴县不远，故曰"家近"。"家近"是地理位置，亦是情感位置。诗人见眼前紫藤而思及故里罨画溪的紫藤，就像王维所谓"君自故乡来,应知故乡事。来日绮窗前,寒梅著花未",问的不只是梅花开否,许浑所思及的恐怕也并非只是紫藤,因此才会在弹唱回忆间不觉忘情而掩瑟,然惜"无人会"他的心思,诗人只能暗自惆怅一番。

清代黄叔灿所著《唐诗笺注》里论此诗云:"对花忆家,思致渺然。"此"渺然"二字论得极好。这首诗之所以耐琢磨,就在其中"掩瑟"之思的有、无、起、灭之间,在"渺然"之一瞬时,若说破或大肆渲染,反而没有了意趣。

郑谷有《席上贻歌者》云:"花月楼台近九衢,清歌一曲倒金壶。座中亦有江南客,莫向春风唱鹧鸪。"这首诗虽切入角度不同,但与许浑的诗有些许相类,都是在讲客居时乡思难耐,但流于浅白。

紫藤,别名牛藤、招藤,蝶形花科紫藤属观花藤本植物,花紫色或深紫色,亦有白花紫藤,多为蝴蝶形状,花开时候若万千紫蝶飞舞,壮丽迷人。

紫藤在古代文学里褒贬不一:赞美它的人喜爱它花开时的宏大气势,称"春有紫藤,夏有凌霄",将其视为春天的代表;厌恶它的人认为紫藤攀附树木,像蟒蛇缠绕食物一样使树木枯死,将其比喻为攀附权贵的佞人。

次韵和人咏酴醾

◎ 宋·苏辙

蜀中酴醾①生如积,开落春风山寂寂。

已怜正发香晻暧②,犹爱未开光的皪③。

半垂野水弱如坠,直上长松勇无敌。

风中娜娜④应数丈,月下煌煌⑤真一色。

故园闻道开愈繁,老人自恨归无日。

百花已过春欲莫,燕坐⑥绳床空数息⑦。

朝来满把得幽香,案头乱插铜瓶湿。

一番花蕊转头空⑧,谁能往问天台拾⑨。

苏辙(1039—1112),字子由,一字同叔,晚号颍滨遗老。眉州眉山(今属四川)人。嘉祐二年(1057)进士,历官右司谏、御史中丞、尚书右丞、门下侍郎等职。政和二年(1112),于颍川(今河南禹州)逝世,谥"文定"。"唐宋八大家"之一,与父苏洵、兄苏轼合称"三苏"。以散文著称,擅长政论和史论,风格淳朴无华。亦善书,其书法潇洒自如、工整有序。有《栾城集》等。

①酴醾：也作"荼蘼"，蔷薇科悬钩子属灌木。梅尧臣诗："京都三月酴醾开，高架交垂自为洞。"
②晻暧：盛貌。
③的皪：鲜明貌。
④娜娜：飘动貌。
⑤煌煌：光彩夺目貌。
⑥燕坐：闲坐，安坐。佛教中指坐禅。
⑦空数息：一作"空叹息"。
⑧转头空：转眼成空。白居易诗："百年随手过，万事转头空。"苏轼词："休言万事转头空，未转头时皆梦。"
⑨天台：即天台山，佛教天台宗的发源地。佛教中说，酴醾是天上的花。"一番"句的意思是说酴醾花转眼便枯死，一番开放不过是一场空无，生死轮回以后，谁还能去天台寻找。

　　苏辙是蜀人，后因故四十多年间再未返蜀，其念乡之心可想而知，触物起思也就成了常情。
　　题中"酴醾"即荼蘼，春末夏初始放，是殿春之花。酴醾，本是古代酒名，原产蜀地，制法详载于《齐民要术》。荼蘼花亦是蜀地产物，荼蘼花色与酴醾酒色相近，读音相同，蜀人便以酴醾代替荼蘼，至后则花酒同了名。此诗开笔直言"蜀中酴醾"，既是点题，亦是起兴。全诗则以"故园"一联为节：以上是忆，忆故园酴醾花的各种姿态，所忆愈细致，愈见花之可爱，也愈见"老人"乡心之可怜；以下则回到实情，由"自恨"言明主旨，又经手中"满把"酴醾牵开思想，想到花的枯萎，想到时令的更迭，诸般种种，终究也不过是"一番花蕊转头空"。

元·王绎《济南李清照醉醺春去图》

第一篇·春

75

"一番花蕊"是指插在"铜瓶"里的酴醾花。铜瓶是宋人，尤其是南宋人插花所用常器，比如陆游有折花自娱诗云"一枝自浸铜瓶水，喜与年光未隔生"，杨万里有插梅杏花诗云"折来双插一铜瓶，旋汲井水浇使醒"，许棐有秋斋即事诗云"几日铜瓶无可浸，赚他饥蝶入窗来"。扬之水先生所著《宋代花瓶》里引南宋末年《百宝总珍集》解释时人所用铜瓶说："古铜坚者颜色绿，多犯茶色，多是雷纹，花样皆别，今时稀有。鼎、花瓶、雀盏之属，丁角、句容及台州亦有新铸者，深绿色，多是细少回文花儿，不甚直钱。"苏辙晚年隐居颍州时，日子过得并不富裕，连同苏轼子孙在内的一大家子人都靠耕种为生，想来插花所用铜瓶当属"不甚直钱"者。

　　铜瓶虽不值钱，但那得人所赠的酴醾花却很可贵，让苏辙千里神游了一回故园。他是如此思念故乡，哪怕生不能归，还遗嘱子孙，死后"轻棺以归"，结果却终未归乡，最后与兄同葬于汝州郏城，即今河南郏县。

> 酴醾，一作荼蘼，又名独步春、佛见笑，蔷薇科悬钩子属直立或攀援灌木，株高二三米，花白，蕊黄，花繁香浓，春末夏初始放，是殿春之花。
>
> 酴醾是春末开花的植物。"开到荼蘼花事了"，其花一开，也就意味着繁花落尽，春天结束，所以常被视为一种寓意伤感的花，代表女子青春将逝或喻情感的终结。

夏

第二篇

荷花

渌水曲

◎ 唐·李白

渌水①明秋月，
南湖采白蘋②。
荷花娇欲语，
愁杀荡舟人。

李白（701—762），字太白，号青莲居士，自称祖籍在陇西成纪（今甘肃静宁）。早年"仗剑去国，辞亲远游"，后间断入长安求仕无果，天宝元年（742），经人推荐，受召进宫，授翰林供奉，天宝二年（743），赐金遣还，至德二年（757），以参加永王东巡而被判罪长流夜郎（今贵州桐梓），乾元二年（759），遇赦得还，不久病逝。其嗜酒善诗，诗风雄奇豪放，想象丰富，被后人誉为"诗仙"，与杜甫并称为"李杜"。有《李太白集》。

①渌水：清澈的水。张华诗："仰荫高林茂，俯临渌水流。"李白诗："渌水净素月，月明白鹭飞。"诗题《渌水曲》乃古乐府曲名。
②白蘋：一种水草。柳恽诗："汀洲采白蘋，日落江南春。"陈子昂诗："白蘋已堪把，绿芷复含荣。"

古来咏荷花诗词多不胜数。李白这首诗写荷花，妙到毫端，一句"娇欲语"，写尽月下荷花的风情。这句是拟人手法，"欲"字用得绝好。人也好，拟作人的花也好，欲语不语，最摄人魂魄。范成大有《立秋后二日泛舟越来溪三绝》之一云："西风初入小溪帆，旋织波纹绉浅蓝。行入闹荷无水面，红莲沉醉白莲酣。"这首诗写荷花的静态，也可爱。周邦彦有词句云："叶上初阳干宿雨，水面清圆，一一风荷举。"此则写出荷花的俏皮，也不错。李白另有咏西施诗句云："西施越溪女，出自苎萝山。秀色掩今古，荷花羞玉颜。""荷花娇欲语"是用人的神态来喻花，"荷花羞玉颜"又是用荷花的颜色来喻人。李白将人与荷花的角色玩转得极妙。

"愁杀荡舟人"一句，是承"荷花娇欲语"而言。《唐宋诗醇》里说："末句非有轶思，特妒花之艳耳。"《唐诗合选详解》里说："采蘋而忽见荷花之娇艳，因转而为愁，盖妒其艳也。"妒，也是喜爱的一种表现。但"愁杀"中所含，似并非只此一种情绪。《诗式》里说："首句先叙时景，见水月入秋，愈臻清澈，盖为泛舟点染。二句设为采蘋，以

近现代·谢稚柳《荷花小鸟》

寄秋意，起下荡舟之人。三句本为采蘋而见荷花、系从劳面烘托；荷花又娇如欲语，系从生情。四句'愁杀'二字，所谓如顺流之舟矣。'荡舟人'对上'荷花'，'愁杀'对上'娇欲语'，此盖心有所属，情不能已，而有所托也。"此论不谬。

除了李白的"荷花娇欲语"，古来写荷花还有很多好句。如杨万里的"接天莲叶无穷碧，映日荷花别样红"，李商隐的"秋阴不散霜飞晚，留得枯荷听雨声"，柳永的"有三秋桂子，十里荷花"，以及李白的另外一首"龟游莲叶上，鸟宿芦花里。少女棹轻舟，歌声逐流水"。各自描写出了诗人眼中的荷花百态，脍炙人口，流芳千古。

荷花，别名莲花、水芙蓉、芙蕖、菡萏等，根状茎横生，内有多数纵行通气孔道，叶圆形，盾状。花期六至九月，花瓣众多，有红、粉红、白、紫等颜色，是被子植物中起源最早的植物之一，有"活化石"的美誉。

莲花"出淤泥而不染，濯清涟而不妖，中通外直，不蔓不枝"的高尚品格，历来为诗人墨客所歌咏，以荷花来比喻君子高雅清正的品德。由于"莲"与"怜"音同，所以古诗中也以莲表达爱情。荷花与佛教也有着千丝万缕的联系，有着丰富的文化内涵。

牡丹

卜算子

◎ 宋·郭应祥

谁把洛阳花①，翦送河阳县②。
魏紫姚黄③此地无，随分红深浅。

小插向铜瓶，一段真堪羡。
十二人簪十二枝，面面④交相看。

郭应祥（1158—？），字承禧，号遁斋，临江军（今江西清江）人。约宋宁宗嘉定末前后在世。淳熙八年（1181）进士，尝官楚、越间。有《笑笑词》一卷。

①洛阳花：牡丹的别称。因唐宋时洛阳牡丹最盛，故称其为洛阳花。欧阳修诗："赠以洛阳花满盘，斗丽争奇红紫杂。"
②翦送：翦，本意是指初生的羽毛，此处同"剪"。周密词："金壶翦送琼枝，看一骑红尘，香度瑶阙。"河阳县：也称花县，今河南省焦作市孟州市。
③魏紫姚黄：指宋代洛阳两种名贵的牡丹花。魏紫：千叶肉红

清·马逸《国色天香图》

牡丹,出于魏仁溥家。姚黄:千叶黄花牡丹,出于姚氏民家,后泛指牡丹名品。欧阳修诗:"姚黄魏紫开次第,不觉成恨俱零凋。"又:"伊川洛浦寻芳遍,魏紫姚黄照眼明。"
④面面:面对面。

陈佩秋《富贵牡丹》

古代原本没有牡丹这种称谓，而是统称为芍药，直到唐朝才开始把牡丹和芍药分开并称。唐朝人是出了名的喜欢牡丹，无论皇家御园，还是寺院庙宇，处处可见牡丹。每当牡丹花期，购花人、赏花人、吟花人纷至如云。因此唐朝吟诵牡丹的诗多豪气，常将牡丹称之为"国色""争赏""益皇都"。相较而言，宋人咏牡丹则多情趣，如"拟戴却休成怅望，御园曾插满头归"，如"洛阳三见牡丹月，春醉往往眠人家"，等等。

郭应祥这阕词亦很有情趣，写的是县级官僚一次小聚宴。词前小序云："客有惠牡丹者，其六深红，其六浅红，贮以铜瓶，置之席间，约五客以赏之，仍呼侑尊者六辈，酒半，人簪其一，恰恰无欠馀。因赋。"这则小序把事情交代得很清楚，多说为赘。就事而论，无甚新颖，此词趣就趣在"十二人簪十二枝"上。试想当时情形，围桌而坐的五客以及陪饮的六人，连同主人在内，无论光鲜老丑，个个头簪牡丹，相觑成镜。

据载，女子簪花的习俗始于汉代，而男子簪花则始于唐朝，至宋代更为盛行。宋人笔下多见簪花诗词。如苏轼有簪牡丹花诗云："人老簪花不自羞，花应羞上老人头。醉归扶路人应笑，十里珠帘半上钩。"辛弃疾有簪牡丹花词云："鼓子花开春烂漫，荒园无限思量。今朝拄杖过西乡。急呼桃叶渡，为看牡丹忙。不管昨宵风雨横，依然红紫成行。白头陪奉少年场。一枝簪不住，推道帽檐长。"从这些诗词大略可知，簪花在宋人的生活中似乎是一件很平常也很时尚的事。杨万里有诗云："春色何须羯鼓催，君王元日领春回。

牡丹芍药蔷薇朵,都向千官帽上开。"这首诗将宋代君臣簪花的壮观场面描摹如活,与郭应祥笔下"十二人簪十二枝"牡丹且还"面面交相看"对比看,可谓趣上加趣。

当然,宋人咏牡丹,也不都是这般情趣之作。比如刘克庄《昭君怨》云:"曾看洛阳旧谱。只许姚黄独步。若比广陵花。太亏他。旧日王侯园囿。今日荆榛狐兔。君莫说中州。怕花愁。"此词便是借洛阳牡丹的遭际,抒发山河破碎的忧愤,词调之忧郁,令人读罢也生"愁"。

牡丹,又名鹿韭、鼠姑、百两金、洛阳花、木芍药等,为落叶灌木,株高尺许,叶大有裂,花也大,有单瓣,有复瓣。古无牡丹一名,统称芍药,自唐以来,始分为二。牡丹品种繁多,色泽亦多,以黄、绿、肉红、深红、银红为上品,尤其黄、绿为贵。牡丹花大而香,故又有"国色天香"之称,也被誉被作为花中之王,一度被作为中国国花。

牡丹寓意很多,除了富贵祥瑞之外,还有雍容端庄、繁荣昌盛、国色天香,甚至是清高傲骨。古代文人也常用牡丹来代指气质出众的女性。

芍药

小重山

◎ 宋·章良能

柳暗花明春事①深。

小阑红芍药，已抽簪②。

雨馀风软碎鸣禽③。

迟迟日，犹带一分阴。

往事莫沉吟。

身闲时序④好，且登临⑤。

旧游无处不堪寻。

无寻处，惟有少年心。

　　章良能（？—1214），字达之，丽水（今属浙江）人，居吴兴（今浙江湖州）。淳熙五年（1178）进士，除著作佐郎，宁宗朝官至参知政事，卒于任上，谥文庄。有《嘉林集》，已佚。

①春事：指春色，或花事。胡寅诗："桃李无言春事深，便看园树欲交阴。"

②抽簪：形容植物抽笋或抽出花苞。刘应时诗："天气清和晴复阴，酴醾堆雪笋抽簪。"庞嵩诗："东风兰蕙已抽簪，雨遍天涯绿满林。"此处形容芍药花抽出了尖尖的花苞。
③风软碎鸣禽：碎，鸟鸣声细碎。杜荀鹤诗："风暖鸟声碎，日高花影重。"
④时序：指时节，或光阴。王安石诗："亲朋会合少，时序感伤多。"
⑤登临：登山临水。此处指游览旧游之地，其中包括观赏小阑的红芍药。

  章良能是宋淳熙五年（1178）进士，历任枢密院编修、起居舍人，官至参知政事。此人是风雅之士，很爱干净，每居一室，必扫尘布饰，陈列琴书。所作小词，则极有思致。

  此词所言，是借旧地重游而发老来难觅少年心的感慨。起笔"柳暗花明"一句似脱胎自陆游的"山重水复疑无路，柳暗花明又一村"，一是讲踏春徐行，再则是交代节令风物。既是踏春徐行，又是"春事深"时节，遂见"小阑红芍药，已抽簪"，"抽簪"是形容芍药花朵欲放。

  芍药花形似牡丹，但花瓣不及牡丹繁复，植株及花姿更挺拔。白居易有诗句"钗萼抽碧股，粉蕊扑黄丝"，也是形容芍药花开姿态。芍药是古老物种，《诗经》早有云："维士与女，伊其相谑，赠之以勺（芍）药。"此中芍药，是男女离别时传情达意的信物。此后，芍药在文学上便喻意离愁别绪，且寄托着男女的思情与约定，遂此词中"小阑红芍药"一笔并非只是单纯描写时令景物。

  "雨馀风软碎鸣禽"一句也美，"碎"字既道出了鸟

清·邹一桂《藤花芍药轴》

鸣的勤杂，又兼有视觉效应。"迟迟日"一句则承前启后。"犹带"是"迟迟日"之因，是"雨馀"之续，其中欲雨不雨又忽晴不晴的意味，与前面的芍药花开一样，隐喻着词人身处当时当境所怀的婉转情思，"一分阴"则不多不少，恰恰好地把上半阕词一把拢住，又将词人薄如阴云的怅触暗暗伏下。由此，下阕接提"往事"便显得很自然。时过境迁，"往事"再沉溺也无多意思，遂曰"莫沉吟"。此三字欲盖弥彰，巧妙现出词人心中思忆交织的波澜。"身闲时序好"总结上阕所叙；"且登临"与"柳暗花明"一句相照应，非常熨帖地把上下阕衔接起来。

"旧游"一句，既点出词人是旧地重游，同时也为下一句即此词的主旨作了铺陈：柳暗花明的暮春，旧人旧地重游，旧踪可寻，旧景尚存，然唯一"无寻处"的却是年轻时的那份心情。白居易有《洛阳春》云："洛阳陌上春长在，惜别今来二十年。唯觅少年心不得，其馀万事尽依然。"可谓此词绝佳注脚。

> 芍药，别名离草、婪尾春，花期五至六月，瓣呈倒卵形，花单瓣或重瓣，有黄、白、粉红、紫等色。
>
> 芍药花似牡丹，不及牡丹名盛，故有"花相"之称，又因是殿春之花，遂有"婪尾春"之名。芍药是古老花卉。《诗经·郑风·溱洧》有言："维士与女，伊其相谑，赠之以勺药。"《中华古今注》引董仲舒对这句解答："芍药一名可离，故曰相赠与芍药。"此后，芍药既被用来寄托青年男女的思念与约定，也被用来渲染离别，因此自古就作为爱情之花。

百合

百合诗（其一）

◎ 明·释今严

石壁西边古涧①东，绿陂浓荫隐香风。
孤根寄去一丘②外，素蕊开时六月中。
嘒嘒③晚蝉山寂寞，泠泠④疏磬⑤月朦胧。
閒心⑥此际分明极，玉质幽香迥不同。

释今严（？—约1658），字足两。顺德（今广东顺德）人。俗姓罗，原名殿式，字君奭。诸生。弱冠从天然禅师求生死大事，明桂王永历三年（1649）受戒出家。永历十二年（1658）奉命往嘉兴请藏，还至归宗，阅大藏一周，因年成歉收，每天只喝一碗粥，仍研览不辍。不久病逝五乳峰静室。有《西窗遗稿》一卷，《秋怀》《百合》诸诗。

①涧：山沟。
②一丘：一座小山。
③嘒嘒：形容声音清亮。邵雍诗："萧萧微雨竹间霁，嘒嘒翠禽花上飞。"
④泠泠：形容声音清悠。沈佺期诗："溪水泠泠杂行漏，山烟

片片绕香炉。"

⑤疏磬：寺院悠悠敲响的钟声。皎然诗："夜凉疏磬尽，师友自相依。"

⑥闲心：即闲心，安静的心，闲适的心。

这是一首僧人咏百合花的七律，写得规规矩矩，齐齐整整。首联写百合的生长习性和香味特性。百合同兰花一样，原是野间植物，后为人所爱，才培植起来。这首诗所写的，显然是野百合，生在壁涧间，大有隐者之风。李时珍说，百合之名得于"百合之根，以众瓣合成也"。李时珍所言，是百合的鳞茎球。百合的鳞茎球下端生肉质根，长在地下，且根系四通八达，多达几十条。百合还有一种纤维状根，长在地上，会随植株枯荣。"孤根"一句就是说百合的鳞茎球以及下端的肉质根。宋代韩维有诗云："并萼虽可佳，幽根独无伴。"此中"幽根"讲的也是一个意思。"素蕊"是指百合花色，"六月"是指其花期。其后颈联两句写得最好，虽看似闲笔，实则是为突出百合花的美而设的一个寂静背景，也由此让人参与进花的开放中来。尾联则点明主旨，即花不凡，人亦不凡，花与人同幽。

这首诗与另外三首是一组。一云："未得芳名挂楚辞，都缘清绝畏人知。休夸玉树临风好，想见红蕖映日时。姑射山头空有梦，蕊珠宫里正相思。可怜影没荒岑外，惆怅残阳欲待谁。"这首是以百合不入"姑射山""蕊珠宫"来写其傲然。一云："暗香浮动又斜晖，几度临风入素闱。名士握

清·余穉《花鸟图·百合》

第二篇·夏

清·郎世宁
《仙萼长春图·百合花与缠枝牡丹》

来当玉麈,仙人携去绽云衣。木兰形似神偏瘦,杜若芳同体较肥。相对每宜人定后,夜钟微月屡开扉。"这首是以人的行为态度来写百合的清新脱俗。一云:"不堪鹥鸠最先鸣,冒雨开残暑未清。檐卜将来何所似,优昙恐是有虚名。白云只可自怡悦,流水翻能移性情。一自与君投分后,几多怀抱付他生。"这首是写自己与百合的缘分。这组诗里,都有诗人自己的影子,所表达的意思大致相同。唯一遗憾,是后三首在赞美百合的不凡时,偏拿别花的不足来作比。一个僧者若怀有这样的比较心,可见世俗之念未尽。

遂四诗之中,笔者以为,当属释今严这首最佳。这组诗前有小序,也是一篇经典的明代小品文。序中称"百合花,卉本之清标者也",颇有周敦颐"爱莲说"的意味,记述了诗人与百合花的初识、再遇与久处,懂得了百合的习性、质地、品格、风韵,由此喜欢并赞美百合。陶渊明爱菊,林和靖好梅,周敦颐喜莲,读者都印象深刻,释今严如此看重百合,同样也令人读罢难忘。

百合,又名山丹、倒仙,百合科百合属多年生草本植物,具备观赏价值。花大,多白色,漏斗形,因其鳞茎由许多白色鳞片层环抱而成,状如莲花,因而取"百年好合"之意命名。

百合素有"云裳仙子"之称。其外表高雅纯洁,寓意美好家庭、伟大的爱,自古被视为婚礼必不可少的吉祥花卉。

杜鹃花

戏问山石榴

◎ 唐·白居易

小树山榴①近砌栽，
半含红萼带花来②。
争知③司马夫人④妒，
移到庭前便不开。

①山榴：山石榴，即杜鹃花。杜鹃是杜鹃科杜鹃属灌木，又名映山红。杨万里诗："日日锦江呈锦样，清溪倒照映山红。"
②带花来：带着花苞移植而来。徐铉诗："琼瑶一簇带花来，便劚苍苔手自栽。"
③争知：怎知。白居易诗："欲散重拈花细看，争知明日无风雨。"
④司马夫人：指白居易的夫人。当时白居易贬居江州任司马。

好文章，要么有理，要么有情，要么有趣。好诗也一样。白居易的这首诗便是一首颇有情趣的小诗。

白居易爱花草，常在自家院子里栽花种草。四十多岁时，他被贬江州任司马，先住在官舍里，后筹资购得一宅，举家迁入，于是在房前屋后栽种了不少花木，也写了很多栽花种树的诗，此诗大概作于当时。他说，移了含苞的杜鹃（即山石榴）种在阶前，可惜不开花，想来杜鹃花大概知道"司马夫人"（他的妻子）好嫉妒，怕开后被她砍掉，遂不敢开。"移到庭前"一句则典自南朝宋国虞通之所撰《妒记》里的故事：武历阳的女儿嫁给了阮籍的后代阮宣武，这位夫人是一位出奇的妒妇，家里有一株桃树倍受丈夫赞美，她听到后就醋意大发、怒火中烧，让婢女把树砍了。

此诗题为"戏问山石榴"，一来是借此典故所作的"戏"笔，二来所要"戏问"的大概是自己的夫人，想来是移栽的杜鹃总不见开花，夫妇皆纳闷儿，因而于日常里作调笑之语。

白居易结婚以前，曾心有所爱，却无结果。三十多岁时，娶妻杨氏，是友人之妹。他所移栽的杜鹃花之所以不开，若非栽种不得法，便是因"半含红萼带花来"之故，也就是移植时机不对，遂不易成活，更别说开花。他写这首诗与妻子调笑作乐，可见夫人颇通文墨，与他也算情趣相合。白居易与妻子感情很好，且妻子似体弱多病，所以能与白居易共同生活至老，想来非常难得，也确是值得庆幸之事。

白居易另有一首《喜山石榴花开》云："忠州州里今日花，庐山山头去时树。已怜根损斩新栽，还喜花开依旧数。

近现代·于非闇《杜鹃草虫》

第二篇·夏

赤玉何人少琴轸，红缬谁家合罗袴。但知烂漫恣情开，莫怕南宾桃李妒。"这首诗作于忠州，即在白居易谪居江州之后改任忠州刺史时期。据诗可知，他移植杜鹃花的技术已经很成熟了，连根部受损的花都能植活，并花开依旧。当然，就诗中"恣情开""莫怕南宾"等看，这首咏杜鹃花的诗显然还有所寄意。

古来写杜鹃花的名诗词不少，尤其以唐宋为多，比如李白的"蜀国曾闻子规鸟，宣城还见杜鹃花"，李商隐的"庄生晓梦迷蝴蝶，望帝春心托杜鹃"，杨万里的"日日锦江呈锦样，清溪倒照映山红"，李时可的"杜鹃踯躅正开时，自是山家一段奇"，皆是脍炙人口。

杜鹃花，又名山石榴、映山红等，杜鹃花科杜鹃属半常绿或落叶灌木，枝繁叶茂，绮丽多姿，花冠为漏斗形，玫瑰色、鲜红色或暗红色，单瓣或重瓣。每年农历三四月，杜鹃鸟南迁归来，此花正值花期，开得如火如荼，因此得名杜鹃。

传说蜀国王杜宇去世后，他的魂魄化为鸟，名为杜鹃，又名子规，子规啼血，化为杜鹃花。自古文人咏杜鹃花，多用这一传说典故，代表春愁离恨、亡国之思和思乡之苦。

石榴花

题张十一①旅舍三咏（其一）

◎ 唐·韩愈

五月榴花②照眼明，
枝间时见子初成。
可怜此地无车马③，
颠倒④青苔落绛英。

韩愈（768—824），字退之，河南河阳（今河南孟州）人。自称"郡望昌黎"，世称"韩昌黎""昌黎先生"。贞元八年（792）进士，历任监察御史、阳山令、刑部侍郎、潮州刺史，官至吏部侍郎，人称"韩吏部"。谥号"文"，又称"韩文公"。唐代古文运动的倡导者，唐宋八大家之一，与柳宗元并称"韩柳"。成就主要在文，诗亦有其特色，"以文为诗"，诗风新奇险怪。有《昌黎先生集》《韩昌黎集》。

①张十一：作者的朋友，名张署。
②榴花：石榴花。司马光诗："榴花映叶未全开，槐影沉沉雨势来。"石榴又名安石榴。谢朓诗："楝花净尽绿阴满，才见

一枝安石榴。"

③无车马：比喻人迹稀少。陶渊明诗："结庐在人境，而无车马喧。"

④颠倒：错乱，混乱。

    这是一首替人感叹不遇的诗。题中"张十一"即张署，他与韩愈是同僚，也是好友。唐贞元十九年（803），二人同遭贬谪，贞元二十一年（805），又一同遇赦，同赴江陵待命。这首诗大约作于二人贬谪期间。诗是唐诗中常见的借物咏怀之作，所借是石榴花。

    石榴花是红色花卉中最耀眼的花，在绿叶相衬下，红得像火焰一样。花落后结果，数月乃熟。此诗前二句讲石榴花的盛放，后二句讲石榴花的凋落。"照眼明"一句，既写出石榴花的鲜艳，也暗喻张十一的耀眼才华。古诗中似这类借居所之物赞美居所之主的不少。如韩愈另有《题张十八所居》云："君居泥沟上，沟浊萍青青。"这"萍青青"就是在赞美张籍虽身处低处却性情高洁。张籍则有《过贾岛野居》云："青门坊外住，行坐见南山。"这"见南山"又是在赞美贾岛有陶渊明般的淡泊情怀。而张十一旅舍前的石榴花，恰是韩愈从侧面赞美他这位旅主。可惜这石榴花纵开得再"照眼明"，终因生在偏僻之地，而苦无人欣赏，以至默默凋落一地。有"照眼明"一句比衬，"落绛英"一句中的惜怜之情就更显浓烈。此诗想表达的意思很明了，就是诗人替张十一发牢骚，叹他空有满腹才华，却遭朝廷贬谪。写这

第二篇·夏

南宋·佚名《榴枝黄鸟图》

首诗时,韩愈也在贬途上,若将此诗理解成诗人自叹不遇也未尝不可。

古来此类诗不少。如李群玉有《叹灵鹫寺山榴》云:"水蝶岩蜂俱不知,露红凝艳数千枝。山深春晚无人赏,即是杜鹃催落时。"李九龄有《山舍南溪小桃花》云:"一树繁英夺眼红,开时先合占东风。可怜地僻无人赏,抛掷深山乱木中。"刘泰有《秋茄》云:"傍叶依花紫实圆,天生佳味压肥鲜。如何秋晚无人采,老在凉风白露边。"徐渭有《题墨葡萄图》云:"半生落魄已成翁,独立书斋啸晚风。笔底明珠无处卖,闲抛闲掷野藤中。"这些诗大体味同,都有自叹不遇的意思,也都是借物说话。

石榴花,石榴树的花。石榴是石榴科石榴属落叶灌木或小乔木,枝干像梅树,枝条顶端常具尖刺。花单生或数朵生于枝顶或叶腋,五瓣至七瓣。石榴花有大红、桃红、橙黄、粉红、白色等颜色,但火红色的最多。石榴果实多子,喻意永昌。

石榴有许多美丽的名字:沃丹、安石榴、若榴、丹若、金罂、金庞、涂林、天浆等。农历五月,是石榴花开最艳的时节,因此又雅称"榴月"。石榴花花色多为火红,寓意红红火火,同时也被用来称赞美丽的女性,以及家族人丁兴旺,和谐美满。

茉莉

狱中[1]见茉莉花

◎ 明末清初·金圣叹

名花尔无玷[2],亦入此中来。
误被童蒙拾,真辜雨露开[3]。
托根虽小草,造物自全材。
幼读南容传,苍茫老更哀。

第二篇·夏

金圣叹(1608—1661),原名采,字若采,又名喟,字圣叹。一说原姓张,明亡后改名人瑞,自称泐庵法师。长洲(今江苏苏州)人。因"哭庙案"遭清廷杀害。主要成就在文学批评,对《水浒传》《西厢记》《左传》等书及杜甫诸家唐诗都有评点。亦工于诗,诗风朴素冲淡,时有诙谐和遒壮之作。有《沉吟楼诗选》《唱经堂才子书汇稿》《贯华堂选批唐才子诗甲集七言律》等。

①狱中:监狱中。顺治十八年(1661),苏州吴县新任县令任维初为追收欠税而鞭打百姓,激起吴地士人之愤,金圣叹与众至孔庙聚集喊冤,时顺治帝新崩,巡抚朱国治以"震惊先帝大不敬"之罪下令逮捕包括金圣叹在内的十数人,后以叛逆罪

判处斩首,是为"哭庙案"。这首诗就是金圣叹在监狱中所作。
②尔:指茉莉花。无玷:纯洁无染。
③"真辜"句:本意是说茉莉花得雨露生长开花,今却误入监狱这种地方,是为辜负。喻意诗人自视甚高,而今却沦落为囚犯。

  这首诗与另外三首《绝命词》是诗人因"哭庙案"被囚狱中行将处决前所作。据题可知,本诗是诗人于狱中偶见茉莉花有感而发。
  茉莉是木犀科灌木,枝柔,叶薄,花色洁白,香气浓郁。古来皆视茉莉为名花。此诗便以"名花"开笔,直赞茉莉的纯洁无染。"亦入"是对花的可怜与可惜。第三句讲述茉莉花的不幸遭遇,"误被"是讲"入"的突发性与偶然性,"真辜"一句则还是可怜与可惜的意思。五、六两句总写茉莉花的生命,言其虽是小草,却色香俱全。尾二句由诗人幼年所读经书的内容,巧妙转笔,由写花切入写人,并把这两者自然地融合。"南容传"即指《史记·仲尼弟子列传》。传中载:南容(南宫适)曾反复诵读《诗经·大雅·抑》中句"白圭之玷,尚可磨也;斯言之玷,不可为也"。这句话的意思是,白玉上有了污点或可磨去,而人因言行不谨慎所致错误却无法挽回。诗人借用此典,来写茉莉花被孩童捡拾入狱的不幸;借写茉莉花的不幸,来写自己因言获罪有辱所学的不幸。而茉莉花之"无玷"、之"亦入"、之"误被童蒙拾"、之"真辜雨露开"、之"托根虽

宋·马麟《茉莉舒芳图》

小草，造物自全材"，皆是诗人的婉转自写，诗人自珍、自白、自视清高之心，明澈可见。

自古咏茉莉的诗词不少，比如宋代李纲有《茉莉花》"泠艳幽芳雪不如，佳名初见贝多书。南人浑作寻常看，曾侍君王白玉除"。"贝多"是梵语的音译，即贝多罗，意为树叶。古印度常用贝多罗树叶来写佛经。"除"即宫殿的台阶。据载，北宋政和七年（1117），徽宗曾令在东京汴梁东北筑土山，名曰"艮岳"，并广求天下奇花异草、珍禽异兽置其间，茉莉则被钦定为八大芳草之一。这首诗的意思是说，茉莉曾经是帝王园中的侍物，不能当作寻常花草看待。李纲此诗，或可作金圣叹借花自写的注解。

茉莉，木犀科素馨属直立或攀援灌木，枝柔，叶薄，花色洁白，通常有花三朵，香气浓郁，素来有"一卉能熏一室香"的美誉。

茉莉花常寓意素洁、清芬、久远，也多作为爱情或友谊的象征。

棟花

书湖阴先生壁二首（其一）

◎ 宋·王安石

桑条索漠①楝花②繁，
风敛馀香暗度垣③。
黄鸟数声残午梦，
尚疑身属半山园④。

王安石（1021—1086），字介甫，号半山。抚州临川（今江西抚州）人。庆历二年（1042）进士。历任扬州签判、鄞县知县、舒州通判等职，政绩显著。熙宁二年（1069），升为参知政事，次年拜相，主持变法。元丰二年（1079）封荆国公。谥号"文"，世称"王文公"。古文成就极高，为唐宋八大家之一。诗遒劲清新，讲究使事与用典，自成一家，世称"王荆公体"。亦能词。有《王文公文集》《临川集》等。

①狱索漠：形容枝条上桑叶将要被采尽，显得很稀疏的样子。这句的意思是讲蚕事快要结束，时令行将春暮。王安石诗："柔桑采尽绿阴稀，芦箔蚕成密茧肥。"
②楝（liàn）花：为楝科植物川楝或苦楝的花，别名苦苓、金铃子，花小，淡紫色。《尔雅翼》："楝叶可以练物，故谓之楝。"
③垣：墙，矮墙。度垣：越过矮墙。黄公辅诗："迟迟日度垣，风挟夭桃翻。"
④半山园：王安石晚年居所，故址在今江苏南京。据考，此园建于元丰二年（1079）春，园在"白下门外，去城七里，去蒋山亦七里"，故曰"半山"。

题中"湖阴先生"，本名杨骥，字德逢，号湖阴先生，是王安石晚年居金陵紫金山"半山园"时的邻居兼友人。据李壁《王荆文公诗笺注》注，王安石居处距城七里，距蒋山（即紫金山）亦七里，路程恰为由城入山的一半，故以"半山老人"为号，园亦以此得名。杨德逢则是紫金山的一位隐士。从王安石诗集中关于杨德逢的十来首看，二人似乎关系友好，且往来颇密。某次，王安石去杨德逢那里晤聚，午睡醒后于杨家墙壁上题了两首诗，这首是其二。前一首云："茅檐长扫净无苔，花木成畦手自栽。一水护田将绿绕，两山排闼送青来。"

这两首诗既是组诗，就必然需要连读，才能体察其精妙之处。前一首是借写杨德逢的庭园而赞美杨德逢这个人，首句赞美其简静，次句赞美其情趣不俗，后二句则以"一水""两山"又是"护田"又是"送青"的殷勤赞美杨德逢的人品。

这第二首诗,则可谓是视觉、嗅觉、听觉、意觉的大合奏。起笔说"桑条索漠"是为推出"楝花繁",而后"风敛馀香"也是在说"楝花繁"。楝花是楝树的花,很常见,花朵小小,开则成簇,且有清香。王安石另有《钟山晚步》云:"小雨轻风落楝花,细红如雪点平沙。槿篱竹屋江村路,时见宜城卖酒家。"这首诗也是晚年居半山园时所作,也写到楝花,可见当时半山园周边多植此树,而且很为王安石所喜,所以经常写入诗中。"风敛"一句的意思就是说风裹着楝花的香气飘过墙头,和着鸟鸣把诗人的午梦吵醒了。而这花、花香以及鸟鸣,皆是为末尾"尚疑身属半山园"一语而设。"尚疑"实非疑,而是情感上的认定。诗人既认定这午睡之地与自己的半山园一样,便可见此地之山水、草木、气息、氛围,诗人是多么熟悉且喜欢,由此亦可见此地之主人与半山园之主人也是有着同样意趣与心境的人。如此再回看,诗人在前一首诗中对杨德逢的诸番美誉,便不止是对他一人的美誉了。写山水,是为写人;言他,是为言己——这大概才是这两首诗的主旨,其有趣处也在于此。

王安石另有一首《过杨德逢庄》云:"携僧出西路,日晏昧所投。循河望积谷,一饱觉易谋。稚子举桉出,咄嗟见盘羞。饭新粳有香,煮菜旨且柔。暮从秀岩归,秣蹇得少留。捧腹笑相语,果然无所求。"他说,某次与一僧人四处游逛,肚子饿了没处找吃的,想起去杨德逢家里讨饭,杨家人对他招待备至,他也很尽兴,并与暮归的主人谈笑风生。结合此诗,再读以上两首诗,似更见出王安石与杨德逢的友谊之深厚。能有这样一位友邻伴他度过变法失败后的晚年生活,对于王安石、对于喜欢王安石的读者,都是一种安慰。

楝花,为楝科植物川楝或苦楝的花,别名苦苓、金铃子,花小,淡紫色,花气芳香。楝花始于暮春,收梢于初夏,花期恰处农历春尽夏来之时,是江南二十四番花信风的最后一花。楝花谢尽,花信风止,便是绿肥红瘦的夏天了。

楝花通常代表淡淡的思念,而在两汉前后,楝花与凤凰等祥瑞相联系,有了辟邪的涵义。作为花信风的最后一花,也通常被用来指代春末夏初。

萱花

南柯子

◎ 明末清初·毛奇龄

喜摘唯红豆，难攀是白榆①。
百花亭外展氍毹②。
藏得宜男③、临赛又踟蹰。

绡帕④牵藤刺，缃裯⑤裹露珠。
朦胧却把翠钿输。
暗拣花枝、插补鬓边虚⑥。

  毛奇龄（1623—1716），原名甡，又名初晴，字大可，又字于一、齐于，号秋晴，又号初晴，浙江绍兴府萧山县（今杭州萧山区）人，郡望西河，称"西河先生"。明末诸生，清初参与抗清军事，流亡多年始出。康熙时期荐举博学鸿词科，授检讨，充明史馆纂修官，后寻假归不复出。与兄毛万龄并称为"江东二毛"；与毛先舒、毛际可齐名，时称"浙中三毛，文中三豪"。有《西河合集》。

①白榆：白皮榆树。《尔雅疏》："榆有数十种，今人不能尽别，惟知荚榆、白榆、刺榆、榔榆数者而已。"此处指白榆树的花。
②氍毹（qú shū）：一种毛织的毯子。
③宜男：即萱草，别称"宜男草"。萱草是多年生草本，花色黄红杂糅，六瓣，含苞时形似簪，开则似喇叭，可食。《风土记》："宜男，草也，高六七尺，花如莲。宜怀妊妇人佩之，必生男。"
④绡帕：薄绢巾帕。
⑤缃襕：黄帛长裙。
⑥虚：空。

古来有斗百草的游戏，称斗草或斗花，属于端午民俗。据载，春秋末期宫廷始兴此游戏，至周代渐行于民间，到南北朝后则成风俗。毛奇龄这阕词所写便是妇女斗草的事，其中所涉花草有红豆、白榆、宜男。红豆是红豆树或相思子的种子；白榆是白榆树的花；宜男是萱草花，也叫萱花。《诗经·卫风·伯兮》云："焉得谖草，言树之背。""谖草"即萱草。"谖"是"忘"的意思，由此萱草又名"忘忧草"。"背"即北堂，主妇居所，由此萱草又喻指母亲。萱草又名"宜男草"，意思是孕妇佩戴此草，可生男子。从后一象征意来看，词中与众姐妹一起斗草的大概是位新妇，她把采到的花草用帕巾包着，与众姐妹们围坐在地毯上游戏，新妇帕里藏着一枝萱花，本可助她得胜，却终因害羞，怕人取笑想怀孕生小孩而未敢拿出，或是她本已有孕在身，担心被人发现，以致最后输掉了头饰。然她却偏不恼，也不沮丧，转身偷拣了一枝野花补插于鬓边。"暗拣花枝、插补鬓边虚"一幕，思来如画。那补簪的一枝野花，想来亦令她比先时更俏丽。

词中女子与小说《红楼梦》里的香菱有一比，但词中女子显然远比香菱有心机，也通世故。可怜的香菱后来因与豆官扭打，掉入一汪积雨里污了崭新的石榴裙，她提着湿答答的裙子一脸无助立在水边的样子，同样思来如画，也很令人心疼，而她最终的结局，则更为凄苦。

古来写斗草的诗词不少，宋人下笔则最有情趣。如曹组的《翡翠》云："窥鱼潜立小荷圆，照水飞鸣更碧鲜。斗草人归寻坠翼，绮窗归去补花钿。"高翥的《春情》云："斗草归来上玉阶，香尘微涴合欢鞋。全筹赢得无人赏，依旧春愁自满怀。"其中"斗草归来"的二佳丽也令人印象很深刻。还有，元绛有句云："五日看花怜并叶，今朝斗草得宜男。"此虽为断句，故事大概却可知。"五日"是指端午节当日，"今朝"指端午节后某日；"并叶"指并蒂而放的花；"怜"是喜见；"得"是喜得。综合而观，斗草者之情思宛然可见，且与毛奇龄词中"藏得宜男"那人亦堪一比。

古来写萱花萱草者，多围绕舐犊之情展开。孟郊《游子诗》："萱草生堂阶，游子行天涯。慈母倚堂门，不见萱草花。"朱熹《萱草》："西窗萱草丛，昔日何人种。移向北堂前，诸孙时绕弄。"王冕《四月廿五日堂前萱花试开时老母康健因喜之》："今朝风日好，堂前萱草花。持杯为母寿，所喜无喧哗。"这些诗句流传之广，以至于后世常以"萱堂"来代指母亲。

南宋・毛益《萱草游狗图》

　　萱花，即萱草花，又名萱草、忘忧草、黄花菜。百合科萱草属多年生宿根草本植物，细长的枝顶端开出橘红色或橘黄色的花，多为六瓣，在中国有几千年栽培历史。

　　《博物志》载："萱草，食之令人好欢乐，忘忧思，故曰忘忧草。"古时文人常以面对忘忧草也难解其忧来写忧之深重。《诗经疏》称："北堂幽暗，可以种萱"，北堂是母亲居住的地方，后代表母亲。古代游子要远行时，会先在北堂种萱草，以望减轻母对子的思念，忘却烦忧。另外，萱草又名"宜男草"，意思是孕妇佩戴此草可生男子。

石竹

阶前石竹

◎ 隋末唐初·王绩

上天布甘雨①,万物咸均平。

自顾微且贱,亦得蒙滋荣②。

萋萋结绿枝,晔晔垂朱英③。

常恐零露④降,不得全其生。

叹息聊自思,此生岂我情。

昔我未生时,谁者令我萌。

弃置⑤勿重陈⑥,委化⑦何所营。

王绩(约589—644),字无功,号东皋子,绛州龙门(今山西河津)人。大业元年(605),应孝廉举,授秘书省正字,外任六合县丞。后弃官还乡。唐武德初年(618),待诏门下省。贞观初年(627),因病去职,躬耕于东皋山(今山西河津东皋村)。个性简傲,放诞纵酒,不合世俗。诗风质朴清新,真率疏放,独树一帜。有《王无功文集》《东皋子集》等。

①甘雨：适时好雨。《诗经·小雅·甫田》："以祈甘雨，以介我稷黍，以穀我士女。"
②滋荣：生长茂盛。
③垂朱英：红花垂放。红花，即石竹花。《草花谱》："石竹二种，单瓣者名石竹，千瓣者名洛阳花，二种俱有雅趣。"千瓣者又名"瞿麦"，花瓣端细裂成缕状，向下四垂。据"垂朱英"推测，诗中所咏即瞿麦。
④零露：降落的露水。《诗经·郑风·野有蔓草》："野有蔓草，零露漙兮。"
⑤弃置：被弃或得不到重用。曹植诗："心悲动我神，弃置莫复陈。"
⑥重陈：重复陈述，再三陈述。和凝词："离恨又迎春，相思难重陈。"
⑦委化：任随自然的变化，此处指枯萎或死亡。白居易诗："嗟吾生之几何，寄瞬息乎其中。又如太仓之稊米，委一粒于万钟。何不与道逍遥，委化从容。"

石竹花很常见，长得也有趣。一趣在茎叶，茎具节，似竹，叶对生，亦似竹，故名；一趣在花，花五出，瓣端生齿，似巧手裁成，色粉红，间有黑白细纹，又似绢丝绣成；一趣在小，小小身体小小花，远望像一群群小人儿。王绩这首诗便是写石竹花的微小，且借石竹花的一生写自己的一生。

起笔二联，感叹上天有心，给物均平，使得像石竹这般的微小生命也能有属于自己的芳荣；中间二联，描写石竹花可爱的样貌，并为其微小生命终将凌霜凋零而担忧；往下数联，则转写自己，感叹"此生岂我情"，感叹人就像石竹花一样微小，一样无法掌控自己的荣枯，更重要的是表达自己对此的顺运态度。

王绩是隋末的一位隐士。有人说，他常把《周易》《老子》置于床头，时时把读，所写之诗也颇具道骨。像这首诗中"昔我未生时，谁者令我萌"这般对生之由来的思考，就非常富有人生哲理；像"弃置勿重陈，委化何所营"这样的任运与豁达，又非每个后来者所能持有的态度；其以微小植物石竹花来比喻人的一生，又有《诗经·曹风·蜉蝣》"蜉蝣之羽，衣裳楚楚"的意韵。总之，这首诗堪比他存世最响亮的那首《野望》。

古来咏石竹的诗词中，王绩这首算得是最有深意者，余下较形象者是司空曙的《云阳寺石竹花》"一自幽山别，相逢此寺中。高低俱出叶，深浅不分丛。野蝶难争白，庭榴暗让红。谁怜芳最久，春露到秋风"，还有借怜花以自怜的皇甫冉的《病中对石竹花》"数点空阶下，闲凝细雨中。那能久相伴,嗟尔瓣秋风"。王安石也咏过石竹:"春归幽谷始成丛,地面芬敷浅浅红。车马不临谁见赏,可怜亦解度春风。"此诗若抛开诗人的寄意不论,石竹那"芬敷"的样子倒也惹人遐思。顾况的《道该上人院石竹花歌》亦佳:"道该房前石竹丛,深浅紫,深浅红。婵娟灼烁委清露,小枝小叶飘香风。上人心中如镜中,永日垂帘观色空。"此诗是借石竹花的色、香来赞美道该上人的修持。顾况擅画,故常从独特视角观察事物之美,将月下清露中石竹花"小枝小叶"的"小"样子写得可怜又可爱。

> 石竹花,古名"洛阳花",石竹科石竹属植物。株高三十到五十厘米,茎秆似竹,叶丛青翠;花单生,多为紫红色、粉红色、鲜红色或白色,瓣端齿裂;常生于草原、山坡、林下。
>
> 石竹花是我国传统名花之一,是著名的"母亲花",代表着母亲的平凡与慈爱,代表着伟大的母爱。

凌霄

减字木兰花

◎ 宋·苏轼

双龙对起①,白甲苍髯②烟雨里。
疏影微香,下有幽人昼梦长。

湖风清软,双鹊③飞来争噪晚。
翠飐红轻④,时下凌霄百尺英。

① 双龙对起:形容凌霄藤攀缠松树之貌。
② 白甲苍髯:形容老松之貌。
③ 双鹊:一对鹊。李绅《墨诏持经大德神异碑铭》:"昔如来双鹊巢顶,而定慧坚明;大师群鸟摩首,而烦疑解脱。"
④ 翠飐红轻:形容风吹凌霄花叶摆动貌。

此词作于熙宁七年(1074)夏[一说作于元祐五年(1090)],苏轼时任杭州通判。有的版本词前有小序云:"钱塘西湖有诗僧清顺,所居藏春坞,门前有二古松,各有凌霄花络其上,顺常昼卧其下。时余为郡(疑"为倅"),

一日屏骑从过之，松风骚然，顺指落花求韵，余为赋此。"这则小序讲明了词作之由，也由此把人的思绪引入"藏春坞"胜地，首见二古松，又见凌霄花盘缠其上，且与古松合而为一，仿如"对起"的"白甲苍髯"的"双龙"于湖畔上空朦胧地烟雨之境中飞腾一般，而在凌霄花的"疏影微香"下，卧一老僧，昼梦正酣。恰此时刻，湖风乍起，双鹊飞来，二物之力使凌霄蔓叶摇曳起来，红花则从百尺高空纷纷飘下。此情此境，想来美矣。

此词一好是情境美妙。二好在全篇都用对比手法：松的苍老与花的柔美相互对比又相互成全；无风时的静与风起后的闹亦相互对比又相互衬托；一僧的幽与双鹊的噪相互对比又相互中和，几处毫不纠缠，又穿插妥当，可见功夫。

有笺注说，"双龙对起"二句的意思是讲两棵松树有凌霄花攀络其上，蜿蜒如双龙昂首，凌霄白花似龙甲，松针如苍髯。凌霄确有白花者。不过，此处"白甲"若解释成白色的凌霄花，便与之后"翠飐红轻"相悖了。其实，"双龙对起"或是形容凌霄攀缠松树之貌，"白甲苍髯"则仅指老松而言。苏轼另有《和蔡景繁海州石室》中有句云："仙人一去五十年，花老室空谁作主。手植数松今偃盖，苍髯白甲低琼户。"《送贾讷倅眉二首》之一中也有句云："试看一一龙蛇活，更听萧萧风雨哀。便与甘棠同不剪，苍髯白甲待归来。"这两处"苍髯白甲"，前者是形容"仙人"石曼卿所植松树，后者是指诗人植在眉山祖茔上的松树，由此可见，苏轼习惯用此四字形容松树。当然，此词此处之"白甲"若定要涉及凌霄的话，那也当是指其老藤色，而非花色。

北宋·赵佶《听琴图》

吟徵調商寬下桐
松間疑有入松風
仰窺低審含情客
似聽無絃一弄中
　　　　　臣京謹題

聽琴圖

第二篇·夏

"双鹊"一句，正解是以"如来双鹊巢顶"之意赞美"老僧"。然若换个角度，理解成词人自喻，且为唐突来访打扰"老僧"昼梦而致的歉意，似也不谬。毕竟，苏轼与清顺相熟已久，且多诗歌唱酬，也常一同泛湖游山。早在作此词的前两年，苏轼就曾给清顺寄诗云："年来渐识幽居味，思与高人对榻论。"相厚这般，清顺"指落花求韵"，苏轼回以调笑之语，想来更觉可爱，也有情趣。

凌霄花如其名，攀援他物，辄高数丈，花开一枝数朵，朵与萼结合不牢，遇微风则摇曳，风一大就会簌簌掉落。此词末尾"翠飐红轻"一句，便将风中凌霄叶舞花飞的样子描摹得极为逼真。另外，欧阳炯有诗咏风中凌霄姿态："凌霄多半绕棕榈，深染栀黄色不如。满树微风吹细叶，一条龙甲飐清虚"。陆游也有咏此花诗句云"庭中青松四无邻，凌霄百尺依松身。高花风堕赤玉盏，老蔓烟湿苍龙鳞"，则似化苏轼词境而成。

凌霄，又名紫葳、上树龙、五爪龙，紫葳科凌霄属攀援藤本植物，气生根攀援他物向上生长；花冠漏斗形，花色鲜红或橙红。

凌霄是古老花卉，《诗经》里就有诗句借凌霄叶之青、花之红比兴饥民的生存之难。凌霄寓意伟大的志向，也寓意尊敬。同时，凌霄也表达对母亲的尊重和爱意。而由于其攀援他物而生之态，又用以比喻缺乏独立精神、趋炎附势之人。

木槿

积雨辋川庄作

◎ 唐·王维

积雨空林烟火迟,蒸藜炊黍饷东菑①。
漠漠水田飞白鹭,阴阴夏木啭黄鹂。
山中习静观朝槿,松下清斋②折露葵。
野老与人争席③罢,海鸥何事更相疑④。

①饷东菑:带饭到田地给劳作的人食用。饷,送饭到田头。菑,已开垦一年的田地,此处泛指农田。
②清斋:指素食、长斋,礼佛之人的戒持。《旧唐书·王维传》:"维兄弟俱奉佛,居常蔬食,不茹荤血,晚年长斋,不衣文彩。"
③争席:与人争座位,表示彼此友好无间,不拘礼节。《庄子·寓言》:"其往也,舍者迎将其家,公执席,妻执巾栉,舍者避席,炀者避灶。其反也,舍者与之争席矣。"
④"海鸥"句:典故出自《列子·黄帝》"海上之人有好沤鸟者,每旦之海上,从沤鸟游,沤鸟之至者,百住而不止。其父曰:'吾闻沤鸟皆从汝游,汝取来,吾玩之。'明日之海上,沤鸟舞而不下者也"。

近现代·吴冠中《木槿》

据题可知，这首诗作于诗人隐居辋川时。诗首联讲述田家时事，颔联描绘当季风景，颈联转写自己的日常，尾联以为《庄子》《列子》中故事点出心志。

有人说，王维"好取人文章嘉句"，此诗"漠漠"一联便是偷了李嘉祐的断句"水田飞白鹭，夏木啭黄鹂"。也有人说，王维是盛唐人，李嘉祐是中唐人，"安得前人预偷来者"分明是李嘉祐袭用了王维的诗句。究竟谁抄了谁，此桩"公案"古来就断不清，但到底谁的诗更胜一筹，宋代叶梦得早就讲过，且讲得格外好："诗下双字极难，须使七言五言之间，除去五字、三字外，精神兴致，全见于两言，方为工妙。唐人记'水田飞白鹭，夏木啭黄鹂'为李嘉祐诗，王摩诘窃取之，非也。此两句好处，正在添'漠漠''阴阴'四字，此乃摩诘为嘉祐点化，以自见其妙，如李光弼将郭子仪军，一号令之，精彩数倍。"王维的诗句极具美感，前句加了"漠漠"使得水田中飞翔的白鹭有了远距离的朦胧之态，而加了"阴阴"后的夏木使得黄鹂唯有声音不见身影，有了令人追寻不得的意趣。

此诗不仅"漠漠"一联好，"习静"一句也妙。其中"朝槿"即木槿，小灌木，夏秋开花，花五出，瓣多褶皱，色若腮红，可惜朝开暮落，荣枯瞬时，故旧名为"舜"。古人咏木槿，多从其朝开暮落上发挥，醒悟到生命短暂，乃至万法皆空。比如，魏晋时期阮籍有《咏怀》云："木槿荣丘墓，煌煌有光色。白日颓林中，翩翩零路侧。蟋蟀吟户牖，蟪蛄鸣荆棘。蜉蝣玩三朝，采采修羽翼。衣裳为谁施，俛仰自收拭。生命几何时，慷慨各努力。"宋代释绍隆有《槿花》云："朱槿移栽释梵中，老僧非是爱花红。朝开暮落关何事，祇要人知色是空。"王维的"习静"句，意思大概也相类。这句承上启下：以上是习静时所见，安宁而无尘嚣；以下是习静的结果，即自己像得道后的杨朱一样与人融洽、与世无求。

关于这首诗，历来评论也多。黄叔灿《唐诗笺注》云："读此诗，摩诘（王维）心胸恬淡如见。"此论论到了点上。王维的很多诗里都可见这般的"恬淡"，如"倚杖柴门外，临风听暮蝉""还持鹿皮几，日暮隐蓬蒿""寂寞於陵子，桔槔方灌园"。从这些诗里，都可以读出一种随时随势生活的恬然态度。也正是恬淡的王维，才能在深山中悠然欣赏朝开暮落的"朝槿"，将"朝槿"写得那么的不食人间烟火。

木槿，又名木棉、荆条等，锦葵科木槿属落叶灌木或小乔木，株高三米左右，花单生于枝端叶腋间，形如钟状，五瓣，瓣多褶皱，花色有纯白、淡粉红、淡紫、紫红等。花朝开暮落，生仅瞬时，故旧名"舜"。古时南方民间多植木槿作篱笆，称为"篱障花"。

在《诗经》中，木槿被用来形容美丽的女子。其朝开暮落的特性，多被文人用来形容光阴的短暂。此外，木槿也有报恩的涵义。

合欢

夏夜宿表兄话旧[1]

◎ 唐·窦叔向

夜合花开香满庭,夜深微雨醉初醒。
远书[2]珍重何曾达,旧事凄凉不可听。
去日儿童皆长大,昔年亲友半凋零。
明朝又是孤舟别,愁见河桥酒幔[3]青。

> 窦叔向,生卒年不详,为中唐诗人"五窦"之父。字遗直,京兆金城(今陕西兴平)人。大历初年(765)进士,曾任国子监博士、转运判官、江阴令。大历十二年(777)入朝任左拾遗,十四年(779)任溧水令。其诗"诗法谨严,又非常格"。著有文集七卷,今存诗九首。

①宿表兄:在表兄家住宿。唐诗题中多有类此"宿某某人"的例子,如李白的《宿清溪主人》、刘长卿的《逢雪宿芙蓉山主人》、张祜的《秋夜宿灵隐寺师上人》。
②远书:寄往远方或远方寄来的信。此处指表兄寄给诗人的信。
③酒幔:酒店门前所悬布招帘。许浑诗:"春桥悬酒幔,夜栅集茶樯。"

南宋·佚名《夜合花图》

合欢是豆科合欢属落叶乔木，夏季开花。清代陈淏子所撰《花镜》云："树似梧桐，枝甚柔弱。叶类槐，荚细而繁。每夜，枝必互相交结，来朝一遇风吹，即自解散，了不牵缀，故称夜合，又名合昏。"窦叔向此诗即以合欢起笔，借合欢花枝夜合朝散之性作比，讲述自己与久别倏逢的表兄夜里话旧且明朝惜别的事。夜合花在夏季开放，朝开暮合，入夜香气更浓。表兄的庭院里恰种夜合花，芳香满院，诗人和表兄久别重逢，自然是痛饮畅叙，一醉方休。

"夜合""夜深"二句，既是对诗题"宿表兄"的照应，其中的宁静氛围又格外能惹衬人的话旧情绪。这情绪由远书"何曾达"起叹，继而凄至旧事"不可听"，喜至"儿童皆长大"，悲至"亲友半凋零"，又急转至"明朝"的孤舟再别。整诗结构紧凑，行笔一泻而下，情绪却百转千折，五味杂陈。末句所谓"又是"，既是惜别，亦属话旧——"又"之前是往事历历在目，"又"之后是今别依依不舍。此二字，乃全诗的重点，也是最动人情的地方。然而，纵是如何不舍，也抵不住离别在即，"又"别之后，大约又将是新一轮从"远书"至"亲友半凋零"的重演。

金圣叹批此诗曰："远书"一联所述，乃人人常有之事，偏诗人能写得出；"去日"一联所述，亦属人人同有之事，人人欲说之话，诗人不仅能写得出，还写得甚为"挑动"。"挑动"二字论得妙。此诗真的很能"挑动"人情，就中滋味，中年以上且经历过人生起伏及离聚悲欢的人怕是最能感同身受。尤其"去日"一语，真能令万千背井离乡之人泪下；而"明朝"一联，则又可令千万聚少离多之人哽咽。

古诗中描写亲友久别暂聚的并不少。李益的《喜见外弟又言别》云："十年离乱后，长大一相逢。问姓惊初见，称名忆旧容。别来沧海事，语罢暮天钟。明日巴陵道，秋山又几重。"这首诗也写得质朴感人。其中，"问姓"一联，使人宛见兄弟相逢又惊又喜又怆的神情；"别来"一联，意同窦叔向笔下的"远书""旧事""去日""昔年"四句所叙，可谓将兄弟间经年不见的辛酸一涵而尽；而"明日巴陵道，秋山又几重"中的言别之味，似又比窦叔向的"明朝""愁见"一联更牵人肠。二诗对比，就所抒发的亲情而言，皆可谓"挑动"。

合欢，又名夜合、合昏、马缨花、绒花树等，豆科合欢属落叶乔木，夏季开花，合瓣花冠，淡红色，花期多为六七月。

合欢花在我国是吉祥之花，古人认为"合欢蠲（juān）忿（消怨和好）"，遂古来人们便有在宅第园池旁栽种合欢树的习俗，寓意夫妻和睦、家人团结、四邻友好。由于合欢的羽状复叶、成对开合的特征，因而又成为爱情的象征。

玉簪

玉簪①

◎ 宋·王安石

瑶池仙子宴流霞②,

醉里遗簪幻作花。

万斛③浓香山麝④馥,

随风吹落到君家。

①玉簪：一种百合科玉簪属植物。
②流霞：传说中天上神仙喝的饮料，后泛指美酒。颜荛诗："吾师不饮人间酒，应待流霞即举杯。"李商隐诗："寻芳不觉醉流霞，倚树沉眠日已斜。"
③万斛：形容容量多。古代以十升为一斗，十斗为一斛。李白诗："同饮万斛酒，未足解相思。"
④山麝：即麝香，一种高级香料。王建诗："供御香方加减频，水沉山麝每回新。"

南宋·林椿《元集绘册·写生玉簪》

读这首诗的感觉有点像读小说《西游记》。《西游记》中唐僧与徒弟们西行路上遇到的妖怪大多是天上神仙不注意时"遗"世之物所幻化,比如玉兔精、黄风怪、金银角大王等。王安石这首诗讲述的是,天上的王母在瑶池开宴会,众仙女们欢饮而醉,稍不注意把头上的发簪弄掉了,"遗"落在人间,幻化成了玉簪花,且恰因是"醉"中"遗簪",遂幻化成的玉簪花花香像一万斛麝香那么香,并随风吹落到了"君家"。此"君",也不知是谁,居然有此厚福,竟能迎天上仙女的"遗"物到家。那么,诗外之意就是说,"君"对玉簪花时,如对仙女一般。细思这个事,也不乏意趣,很像《西游记》里某一回的故事。

这首诗的写法并无新意,不过是借传说故事展开,只是比喻拟得较好。玉簪是多年生草本植物,叶形似扇,有纹络,花色如玉,含苞的样子像古代妇女的发簪,故名。诗人以簪喻花,用"玉簪"二字,既点出了花名,又拟出了花貌,还引出了花香,就中所述故事人物的神韵也很令人遐想。黄庭坚有《玉簪》云:"宴罢瑶池阿母家,嫩琼飞上紫云车。玉簪堕地无人拾,化作东南第一花。"这首诗又是借另外一个传说展开,比王安石所写的要香艳许多。南宋胡仔所撰《苕溪渔隐丛话》里似很推崇此诗,也认为其中形容非常妙。岂不知,以"簪"写玉簪花,不过是巧用玉簪花之名罢了。此类比喻唐人的诗里就有不少,王安石的"醉里遗簪"则写出了特色,就囊括玉簪花之名、之形、之香这三点来说,几乎无人能比肩。

玉簪原产自我国,自古以来就是我国古代庭院中重要花卉之一。文人对玉簪的关注多集中于宋朝之后,现存的吟诵玉簪的诗词大多是宋之后所写。其中比较著名的,除了上引的两首外,宋朝有陆游的"坐睡觉来人已散,帘栊时度玉簪香",刘跂的"沾巾不要时人学,独为秋香插一枝";明朝有李东阳的"小园纡步玉堂阴,堂下花开白玉簪。浥露余香犹带湿,出泥幽意敢辞深",王世贞的"拥坐金钗愁自失,辟尘犀导懒同看。佳人别有贞心托,倚遍东风十二栏",等等。

玉簪,百合科玉簪属植物,又名白萼、白鹤仙。玉簪叶娇莹,花苞似簪,花葶高 40-80 厘米,具几朵至十几朵花,六瓣,色白如玉,清香宜人。

玉簪花因其外形碧玉莹透、花香扑鼻,而被视为冰清玉洁的象征。自古以来,文人们在吟诵玉簪时,常常借用与其相关的"仙女玉簪落凡尘""汉武李妃玉簪头"两个典故。

稻花

西江月

◎ 宋·辛弃疾

明月别枝惊鹊①,清风半夜鸣蝉。
稻花②香里说丰年,听取③蛙声一片。

七八个星天外,两三点雨山前。
旧时④茅店⑤社林⑥边,路转溪桥忽见。

①别枝:斜枝。惊鹊:使鹊惊。
②稻花:稻子的花。稻子抽穗开花期一般在七月间,花很小,无花萼和花冠,开则似蚌壳张开的样子,近看黄色,远望绿色。范成大诗:"亭亭宿鹭明蕉叶,闪闪凉萤入稻花。"
③听取:听见,听到。辛弃疾词:"三三两两谁家女,听取鸣禽枝上语。"
④旧时:过去,昔日。刘禹锡诗:"旧时王谢堂前燕,飞入寻常百姓家。"
⑤茅店:茅草覆顶的小店。温庭筠诗:"鸡声茅店月,人迹板桥霜。"
⑥社林:社日祭祀的树林。社,土地神庙。

元 · 佚名《嘉禾图轴》

宋孝宗淳熙八年（1181），辛弃疾遭人弹劾罢官，至此闲居上饶数十年。这阕词即作于当时。词以写夜行上饶黄沙岭道中所见所闻，描绘出一幅恬静的乡村夏日晚景。

辛弃疾词作的魅力，不仅在气势之豪迈，还在造句之生动。比如此词，开头"明月""清风"二句，就可谓千古绝唱。顾随先生说，"明月"一句是化用曹操的"月明星稀，乌鹊南飞"，但就全词词意来看，此句或许更可能是化自王维的"月出惊山鸟"。此句多解释为月色明亮，惊动了树上所栖之鹊。这样理解，亦无不可。不过，"月"之所以能"惊鸟"，月的清明大约是一因；月色照耀下变幻的影子大约也是一因；鹊借月色看见行人，大约也是一因。类此如王涯的"月渡天河光转湿，鹊惊秋树叶频飞"，钱起的"不觉星河转，山枝惊曙禽"，戴叔伦的"风枝惊暗鹊，露草覆寒蛩"，周邦彦的"月皎惊乌栖不定"等，都是一个意思。其下"稻花香"与稻田里的"蛙鸣"则是嗅觉与听觉世界。稻花即稻子的花，一般于夏季开，一穗约二三百朵花，一朵花会长成一粒谷。稻花无瓣，目视不到雄雌蕊，雄蕊熟裂，会借风力摇落到雌蕊上，完成授粉。所谓"稻花香"，定要借风力才能闻到，而风的吹动则预示着稻花正在授粉，稻花授粉则预示着"丰年"，"稻花香"一句的趣点即在此。辛弃疾并非农人，此中充盈的快乐里又多少掺和着一些悯农情结，这也是此句的好处。

下阕"七八个"以及"两三点"，人多谓是好句、奇句。其实，唐人卢延让早有句云"两三条电欲为雨，七八个星犹在天"，故辛弃疾这句并不新奇，反倒有雕琢之嫌，不过用以形容疏星细雨还是较为熨帖的。结句则"转"得急，结得妙，言不拖沓，自然明了，又意味深长。其中"旧时"二字含情无限。

　　古来吟稻花的诗词也不少，比较著名的有白居易的"今年去郡日，稻花白霏霏"，元稹的"稻花秋雨气，江石夜滩声"，杨万里的"稻花知我出，喷雪待相迎"，梅尧臣的"白水照茅屋，清风生稻花"，陆游的"拂窗桐叶下，绕舍稻花香"，等等，被人们广为传颂。

　　稻花，稻子的花，一般于夏季开，一穗约二三百朵花，一朵稻花会长成一粒稻谷。稻花很小，无花萼和花冠，开则似蚌壳张开的样子，近看黄色，远望绿色。稻花开放时间很短，每日只开放一两个小时，全部开尽则需一周左右。

　　稻花在古诗词中一般被当作丰收的象征，或者作为夏秋季节的象征。成堆的稻花如白绢般轻柔，也多被形容为"白练"等。此外，稻花平凡不起眼，结出的果实却是人们果腹不可少的，所以也被视为默默奉献的象征。

蝶恋花

◎ 宋·张炎

巧结分枝①粘翠艾。

萹萹香痕,细把泥金②界。

小簇葵榴③芳锦隘。

红妆人见应须爱。

午镜将拈开凤盖④。

倚醉凝娇,欲戴还慵戴。

约臂犹余朱索⑤在。

梢头添挂朱符袋⑥。

张炎(1248—约1320),字叔夏,号玉田,又号乐笑翁。临安(今浙江杭州)人,祖籍秦州成纪(今甘肃天水)。勋贵之后,前半生居于临安,生活优渥,宋亡后家道中落,晚年漂泊落拓。曾北游燕赵谋官,失意南归,长期寓居临安,落魄而终。与宋末著名词人蒋捷、王沂孙、周密并称"宋末四大家"。有《山中白云词》。

①宿巧结分枝：形容艾花开放的样子。艾茎似蒿，叶背白色，叶间分生枝杈，花穗亦生枝叶间。
②泥金：用金粉或金属粉制成的金色涂料。
③葵榴：蜀葵花和石榴花，都是端午节的时令花。
④凤盖：刻有凤形的盒盖。刻有凤凰图案的物品应该只有宫中嫔妃可用。此处或是说这妆盒是御赐之物，显示身份不凡。
⑤朱索：五色线，又名百索。《风俗通》："五月五日，以五彩丝系臂，名长命缕，一名续命缕，一命辟兵缯，一名五色缕，一名朱索，辟兵及鬼，命人不病瘟。"
⑥朱符袋：装着用朱墨所写符箓的袋子。符箓是道家用以驱鬼除邪或治病纳福的秘密文书。

　　这是一阕咏艾花的词。艾，又名艾草、艾蒿，是种极易繁衍生长的植物，生命力很强，乡野小路随处可见。端午节门楣插艾草是种古老习俗。端午节年年过，艾草家家插，遂不陌生。相比艾草，艾花却少有人注意。仲夏至初秋艾草开花，常见白、紫二色，朵小而繁，排成总状花序，一枝上有若干朵。

　　此词写艾花。上阕描绘艾花的形貌："巧结分枝"是说艾花花穗从艾叶间生出的样子；"蕲蕲"一句是形容艾花一簇簇整齐的样子和散发的香气，"细把泥金界"是说艾花花瓣有细细的金色边缘；"小簇葵榴"一句是说把素雅的艾花插在蜀葵和石榴花组插的花篮或花瓶边上；而"红妆人见应须爱"则是猜想的状况，意思是"红妆"佳人见了艾花应该会喜爱。下阕很自然地承接上阕"红妆"一句，写佳人午觉醒来，对镜理妆，见了艾花欲戴又懒戴的那副倚醉娇慵之样，想来颇有情味。而佳人理妆所开之"凤盖"，即刻有凤形的盒盖。刻有凤凰图案的物品应该唯有宫中嫔妃可用，此处或说这妆盒是端午节御赐之物，可见这位"倚醉凝娇"者的身份很不凡。末尾二句，则写出节日温馨气氛。

张炎是南渡大将循王张俊之后，张镃之曾孙，张枢之子。他的人生以三十二岁为界，之前经历南宋，之后经历元朝；之前过着贵族公子的奢华生活，之后则浪迹江湖，以至潦倒到卖卜为生。他的词风时而似姜夔，时而似苏、辛，且颇擅咏物，因咏春水得号"张春水"，咏孤雁得号"张孤雁"。有研究者说，他咏物大多描摹细致，却无高远意趣。就此词而言，倒也不错，至少含情，至少不露，清雅不输姜夔，也有点乃祖咏物词的风范。据词中闲情推断，当是宋亡之前的作品。

古来歌咏艾花的诗词很少。元末明初诗人凌云翰有《己未午日次沈钦叔韵》云："今年两度逢端午，前月方当后月非。到手人将蒲酒劝，满头谁插艾花归。水亭得句题纨扇，风馆焚香试葛衣。读罢离骚增感慨，绿阴满地客来稀。"这诗是写闰五月节，意思就是一年过两个端午节，遂道"前月方当后月非"。其中满头插着"艾花归"的诗人形象，与张炎词中的美人插花对比来读，亦不乏意趣。此外，陆游的"粽包分两髻，艾束著危冠"，吴文英的"榴心空叠舞裙红，艾枝应压愁鬟乱"中吟诵的"艾束""艾枝"，也均指艾花。

清・徐扬《端阳故事图・悬艾人》

　　艾花，艾草的花。艾草，别名萧茅、艾蒿、蓬藁等，多年生草本或略成半灌木状，植株有浓烈香气。花瓣多椭圆形，常见白、紫二色，仲夏至初秋开花，朵小而繁，排成总状花序，一枝上有若干朵。

　　端午节门楣插艾草辟邪是我国的古老习俗。宋代以来，端午节多习惯将艾花簪戴头上，用以辟恶祛邪，也多用艾枝和丝织品制作成假艾花装饰在门前，艾花由此成为了端午的象征。

虞美人

浪淘沙令

◎ 宋·辛弃疾

不肯过江东。

玉帐匆匆。

至今草木①忆英雄②。

唱著虞兮当日曲,便舞春风。

儿女③此情同。

往事朦胧。

湘娥竹上泪痕浓。

舜盖重瞳堪痛恨,羽又重瞳④。

---

① 草木:指虞美人草。
② 忆英雄:借传说中虞美人草闻虞美人曲便随之舞动而寓指怀念英雄。
③ 儿女:指包括词人在内的有爱恨情意的男女,是相对"草木"而言。
④ 重瞳:一个眼睛里有两个瞳孔,古代视为圣人的象征。此处指舜帝和项羽,传说此两人都是生来重瞳。

楚汉战争中，项羽被刘邦打败，汉军围垓下，项羽作《垓下歌》云："力拔山兮气盖世。时不利兮骓不逝。骓不逝兮可奈何，虞兮虞兮奈若何。"据闻，他的宠妾虞姬和而歌曰："汉兵已略地，四方楚歌声。大王意气尽，贱妾何聊生。"歌罢，虞姬自刎。后项羽逃至乌江畔，亦自刎。传说虞姬死后，其坟墓周围长起一种草，闻唱《虞美人》曲，枝叶便应拍而动，似美人起舞，此草遂被称为"虞美人"。

辛弃疾这阕词就是歌咏虞美人，且借歌咏花而歌咏人。起以乌江兵败说起，说到项羽不肯过江，虞姬由此自刎。"至今"一笔，从古转到今，借虞美人草闻曲起舞的传说，把惋惜与同情很巧妙地转移到词人以及词人以外的世人身上。下阕则从世间有情男女的共情说开，以湘妃比虞姬，以湘娥竹比虞美人。最后一笔，经由"重瞳"把感情归移到舜帝以及项羽身上，感叹英雄的遭际，也表达了英雄惜英雄之意。整阕词流畅不滞，情绪却很凝重，而且是古今交织着写，花草与人物交织着写，传说与实事交织着写，笔法殊妙。

就中"湘娥竹"，又名湘妃竹、斑竹。传说舜帝治水不幸崩亡后，二妃日夜哭啼，泪尽投江而死，死后化作生有斑斑泪痕的竹子。这个凄美又悲壮的故事与项羽末路时虞姬毅然刎颈一样感人。湘娥竹与虞美人两种植物因潇湘二妃与虞姬的深情而有了不同的文化内涵，尤其后者，在唐代之后更是成了教坊的名曲。辛弃疾另有一阕《虞美人》云："当年得意如芳草。日日春风好。拔山力尽忽悲歌。饮罢虞兮从此、奈君何。人间不识精诚苦。贪看青青舞。蓦然敛袂却亭

清·郎世宁《仙萼长春图·虞美人蝴蝶兰图》

第二篇·夏

147

亭。怕是曲中犹带、楚歌声。"此词就是特用"虞美人"这个词牌来咏虞姬以及虞美人草，也是古今对照来写，且时而将人比作花草，时而又将花草视为人，虚虚实实，交错相融。与上词不同的是，作者的感情从个人境界中跳脱出来，以项羽的失败和楚汉的灭亡为例，来针砭所处的时代与时事，其中良苦用心，可敬可叹。

虞美人，别名丽春花、舞草等，罂粟科罂粟属双子叶植物。初夏开花，花朵艳丽。虞美人花未开时，蛋圆形的花蕾上包着两片绿色白边的萼片，垂独生于细长直立的花梗上，极像低头沉思的少女。

自古以来，咏虞美人多就项羽与虞姬的故事展开，赞美两人的深厚爱情，亦有文人借咏虞姬化身的虞美人草，生离死别的凄凉悲苦和国破家亡的寂寥孤独，呼唤坚贞不屈、以身殉国的爱国主义精神。

栀子花

雨过山村

◎ 唐·王建

雨里鸡鸣一两家,

竹溪村路板桥①斜。

妇姑相唤浴蚕②去,

闲着中庭③栀子花。

王建（约766—约830），字仲初，颍川（今河南许昌）人。出身寒微，大历年间进士，一度从军。中年入仕，历任昭应县丞、太府寺丞、秘书郎、太常寺丞，累迁陕州司马，世称"王司马"。擅于乐府、宫词，与张籍齐名，世称"张王乐府"。长于七言歌行，其诗语言通俗凝练，富有民歌谣谚色彩。有《王建诗集》。

①草板桥：木板桥。温庭筠诗："鸡声茅店月，人迹板桥霜。"
②浴蚕：浸洗蚕子。古代选育蚕种清除杂菌的方法，每年谷雨节前后于野外进行浴种，而后就是出蚁、蚕眠、化蛹、结茧等过程。欧阳修诗："漪涟采荇水，和暖浴蚕天。"
③中庭：庭院之中，或厅堂正中。王建诗："中庭地白树栖鸦，

明·吕纪《四季花鸟图·夏》

冷露无声湿桂花。"刘禹锡诗:"高坐寂寥尘漠漠,一方明月可中庭。"

栀子花开,洁白如许,芳香馥郁,为历代文人骚客所推崇,宋代女诗人朱淑真夸它是"玉质自然无暑意"。江南乡村初夏,栀子花在村中遍地开放,在繁忙的劳作中偶然瞥一眼水灵灵的栀子花,给人一种心安的感觉。而这也正是这首诗的格调所在。

王建的诗风总体很平易,格调也明快。读他的诗,犹如画中行。比如《落叶》云:"陈绿向参差,初红已重叠。中庭初扫地,绕树三两叶。"《江馆》云:"水面细风生,菱歌慢慢声。客亭临小市,灯火夜妆明。"又如《江陵道中》云:"菱叶参差萍叶重,新蒲半折夜来风。江村水落平地出,溪畔渔船青草中。"《题渭亭》云:"云开远水傍秋天,沙岸蒲帆隔野烟。一片蔡州青草色,日西铺在古台边。"每一诗所绘风景,都令人流连忘返。再比如这首《雨过山村》,简简单单几句话,便描绘了一幅夜雨后小山村宁静和谐的生活图画,其中那对相唤同去浴蚕的婆媳以及山家小院一角里着了些雨丝儿的栀子花,亲切如读者记忆里的某件日常琐事。所谓好诗的魅力,就在于此。

有的版本,"着"作"看"。"着"比"看"生硬,"闲着"二字大有怜意。

王建是河南人,自小家贫,成年后,曾当过十几年兵,四十六岁以后才入仕,官职也一直不高,不是任县丞,就是任司马。不过，他虽常处低窘处，却能发现与欣赏"闲着"一句里的美好，实为难得。有人说，这首诗是写农人农事繁忙，且忙到连下雨都要去浴蚕，而作者借"闲着中庭栀子花"一句是想表达对这种繁忙的同情以及对贫苦的痛恨。这样理解也不能说是错误，只是辜负了诗人感悟尘世生活中微小美好的柔软心肠。

宋代汪藻有《即事》云："燕子将雏语夏深，绿槐庭院不多阴。西窗一雨无人见，展尽芭蕉数尺心。"此中"展尽"与王建的"闲着"情味相类，不过因"西窗"而更显缠绵伤感。

自古以来咏栀子花的诗词很多，比较著名的如刘禹锡的"色疑琼树倚，香似玉京来"，杨万里的"孤姿妍外净，幽馥暑中寒"，陆游的"落日桐阴转，微风栀子香"，司马光的"园夫遮道白何事，栀子花开斑笋行"，沈周的"雪魄冰花凉气清，曲栏深处艳精神"，等等，都颇为耐读。

栀子花，又名木丹，茜草科栀子属的常绿灌木，枝叶繁茂，叶色四季常绿，花芳香，花色以白为正，罕有红色，花朵偏大，清新亮丽。

古诗词中常把栀子花作为交友示爱的象征。唐朝韩翃《送王少府归杭州》云："葛花满把能消酒，栀子同心好赠人。"此外，栀子花也多被用来形容夏季。

紫薇花

道旁店

◎ 宋·杨万里

路旁野店[①]两三家，
清晓无汤况有茶。
道是渠侬[②]不好事[③]，
青瓷瓶插紫薇花。

①野店：乡野小店。张曙诗："孤村寒色里，野店夕阳中。"
②渠侬：方言，他人。此处指像店家一样的乡野之人。杨万里诗："夜来尚有馀樽在，急唤渠侬破客愁。"
③好事：指有某种爱好。此处指爱好插花一事。

宋人风雅，爱焚香，爱斗茶，爱挂画，爱插花。尤其插花一事，宋代留下的画作中可见，凡闺房、书房、禅房，凡寺庙、茶楼、酒肆等，随处都有瓶插花的影子。再翻翻宋代诗词，很容易就能翻到如"小窗水冰青琉璃，梅花横斜

南宋·卫昇《写生紫薇图》

三四枝""小阁清幽，胆瓶高插梅千朵""玉壶满插梅梢瘦。帘幕轻寒透""纤手折来，胆瓶中、一枝潇洒"等对于瓶插花的描述。杨万里此诗亦然。

这首诗讲了一件有意思的事。诗人某次早行，路过道旁几家小店铺，欲寻些吃喝，却不见店家卖汤售茶，倒是瓶中插着的紫薇花格外惹人瞩目。诗人大概很惊奇，遂道"道是渠侬不好事"。"好事"之"事"，即指插花一事。这句的意思是说，谁说乡野人家不好插花一事，明明见青瓷瓶中插着紫薇花么。

紫薇花色紫而艳，六瓣，瓣多皱，一瓣具一细长柄，连于萼间，且瓣与蕊距远，姿态极袅娜，稍有动静便会兀自舞动。这样的花插于青瓷瓶中，想来肯定好看。"青瓷瓶插紫薇花"一句，并非单纯意义上描绘瓶花之美，而是侧写店家情趣的不俗。刘克庄有《紫薇花》云："风标雅合对词臣，映砚窥窗伴演纶。忽发一枝深谷里，似知茅屋有诗人。"这两首诗的意思相类，都是借紫薇花的不俗来写人的不俗。

杨万里还有两首咏紫薇花的诗。一云："晴霞艳艳覆檐牙，绛雪霏霏点砌沙。莫管身非香案吏，也移床对紫薇花。"此诗借用白居易"紫薇花对紫微郎"之意，写出对紫薇花的喜爱。一云："似痴如醉弱还佳，露压风欺分外斜。谁道花无红十日，紫薇长放半年花。"此诗则纯写花态及花期，歌咏紫薇花耐久的品格。这两首诗写得都不错，都颇有风致，却终不及前诗好，野趣十足。

另外，宋人咏紫薇花颇耐琢磨者，还有周必大的《入直召对选德殿赐茶而退》:"绿槐夹道集昏鸦,敕使传宣坐赐茶。归到玉堂清不寐,月钩初上紫薇花。"从题可知,这首诗是皇帝召见完他以后所作。周必大时任宰相。唐朝称宰相为紫微令,诗中"紫薇花"一物二指,既指花,又指周必大宰相的身份。周必大与皇帝交谈后,繁忙的公务使得身为宰相的他夜不能寐,辗转反侧间恰见紫薇盛放于月光下,意味含蓄。

紫薇花,千屈菜科紫薇属落叶灌木或小乔木,树高五米左右,花姿优美,花色艳丽,多为六瓣,有玫红、深粉红、大红色、紫色、白色等色,花期长,在夏秋少花季节的6月—9月持续开放,故有"百日红"的美称,人以手爪触其树皮,枝会动摇,又名"怕痒花"。

古来紫薇花多象征夏季,赞美其在夏季持久绽放。因唐朝改中书省为"紫微省",紫薇花也有了"官样花"的别称,被用来借指宰相等,同时也衍生出富贵的涵义。白居易有诗云:"独坐黄昏谁是伴,紫薇花对紫微郎。"

鼓子花

长江县经贾岛墓

◎ 唐·郑谷

水绕荒坟县路斜①,
耕人讶②我久咨嗟③。
重来兼恐无寻处,
落日风吹鼓子花④。

郑谷(约851—约910),字守愚,袁州宜春(今属江西)人。光启三年(887)进士,历任县尉、右拾遗补阙,官至都官郎中,世称"郑都官"。工于诗,多写景咏物之作,表现士大夫的闲情逸致。风格清新通俗,以《鹧鸪》诗得名,人称"郑鹧鸪"。有《云台编》。

①草斜:形容小路弯弯曲曲。司空曙诗:"遥想长淮尽,荒堤楚路斜。"
②讶:诧异,惊奇。孟浩然诗:"剪花惊岁早,看柳讶春迟。"
③咨嗟:叹息,叹气。韩愈诗:"今来不复饮,每见恒咨嗟。"
④落日:一作"日落"。

近现代·齐白石《葫芦牵牛花图》

唐僖宗广明二年（881），为避黄巢兵乱，郑谷举家入蜀。蜀中三年，他游历多地，写了很多缅怀先贤的诗，如在过鹿头关时，远望大匡山，想到李白，写下诗句："雪下文君沽酒市，云藏李白读书山。"如游览杜甫台，缅怀杜甫云："扬雄宅在唯乔木，杜甫台荒绝旧邻。"这首缅怀贾岛的诗，用七绝写，且写得淡而哀伤。诗人说，他路过长江县（今四川遂宁大英县），特意去贾岛墓地（估计是去安岳县，贾岛卒后葬于此）凭吊，岂料道路曲折难行，墓地被水所淹，寻不得其址，他大约很失望，也很伤感，遂不住寻问，也不住叹息，由此惹得当地耕人费解，并回答纵是再来恐怕也难以找到。诗人无奈，离开之时回望周遭，唯见鼓子花在日暮的乱风中摇动。

鼓子花，又名通草、天剑草、铺地参，乡间唤作打碗花或野牵牛，因其蔓喜缠绕，花似牵牛而小，也似缘裂之碗。李时珍说，其花不作瓣状，如（古代）军中所吹的鼓子，故名鼓子。鼓子花惯生于农田、荒地、沟渠、坟墓周围，常与杂草共生，一长一大片，其虽名为鼓子，却悄无声息，并不会发响。郑谷用这样一种不起眼的小野花作诗结，或确是当时实情，或意在隐喻贾岛默默无闻的一生。

贾岛出身寒微，早年因贫为僧，后得遇韩愈，受鼓励还俗应试，却屡举不第，且常窘至无力举炊，靠朋友接济度日。五十九岁时幸得人推荐，做了四川遂州长江县主簿，世称"贾长江"。三年后迁任普州（今四川安岳）司仓参军。六十四岁，卒于任所。他无家眷，亦无亲故，死后也许就被草草掩埋了，四十年间大概也鲜少有人去扫墓，"荒坟"由此自是"无寻处"了。

回看贾岛的一生，像极了他墓地周围生长的鼓子花，微小，无名。他因爱写诗，又苦吟不辍，而赢得了"苦吟"之号。此人与当时一些文人士子有所结交，比如张籍、王建、姚合等。张籍有《逢贾岛》云："僧房逢着款冬花，出寺行吟日已斜。十二街中春雪遍，马蹄今去入谁家。"这首诗是讲诗人去拜访贾岛，未遇着人，倒遇着了他屋外开放的款冬花。款冬也是一种小野花，色黄，寒冬开放。此诗中的款冬花，亦有所指向。清代宋长白所撰《柳亭诗话》云："张司业《逢贾岛》诗'僧房逢着款冬花'，郑都官《过岛故居》诗'日落风吹鼓子花'，芝山施重光曰'款冬耐寒，鼓子无声，言岛死声消也'。则岛一生，比得两花。"

> 鼓子花，又名旋花，旋花科打碗花属多年生蔓草，茎细长，缠绕他物之上，花似牵牛而小，也似缘裂之碗，立夏开花，入秋不绝。此花惯生于农田、荒地、沟渠、坟墓周围，常与杂草共生，一长一片，悄无声息。
>
> 鼓子花多用来比喻容色不佳的女子。此外，文人也多采鼓子花生于荒地、默默无声的特色，来形容自己不与世俗同流合污的志气。

秋

第三篇

鸡冠花

早炊童家店

◎ 宋·杨万里

长亭①深处小亭奇，杂蘙②粗蕤③亦有姿。
羊角豆缠松叶架，鸡冠花④隔竹枪篱。
不辞雨卧风餐⑤里，可惜橙黄橘绿⑥时。
行到前头杨柳迳⑦，平分红白两莲池。

①草长亭：古时道路每隔十里设长亭，五里设短亭，供行旅休息。近城的十里长亭常为送别处。贺铸词："一阕离歌，满尊红泪，解携十里长亭。"
②杂蘙：杂卉。
③粗蕤：野花。
④鸡冠花：别名鸡髻花、老来红等，苋科青葙属一年草本植物。
⑤雨卧风餐：意思是风口里吃饭，雨地里住宿。此处形容仕宦生活漂泊不定。杜甫诗："风餐江柳下，雨卧驿楼边。"
⑥橙黄橘绿：苏轼诗"一年好景君须记，正是橙黄橘绿时"。
⑦迳：同"径"。

这首诗作于宋绍熙二年（1191）秋，杨万里时任江南东路转运副使，八月初离开建康外出巡查江南东路各州县，此行大概历时月余，所经处有秣陵、溧水、建平、宣州、青阳等地。这首诗便是在建平夜宿"童家店"时所写。据诗中第一句可知，这个店是两大驿站间的小驿站，也称短亭。这里各种野花长得颇有风姿，豆藤缠绕着松架，鸡冠间隔着竹篱，杨柳夹道的小径两旁则有池莲红红白白争相怒放。这美好乡野之景对于向来喜爱花草的诗人来讲大概似老饕得遇美食一般，诱惑极大，然而诗人却碍着公务，苦于不能久赏，夜里来住宿，清晨便要急去，遂不免生出"可惜"之叹。

"羊角豆缠松叶架，鸡冠花隔竹枪篱"一句颇具野趣。羊角豆是一种秋葵类植物。鸡冠花是苋科一年生草本，夏秋开花，霜后始蔫，色以红紫多见，白为奇，花朵由很多小花组成大个儿穗状花序，形似雄鸡头顶的扁平肉冠，故名。古人咏此花多从这个特点生发，此类诗很多。杨万里另有二诗咏此花，也是道途所见所写。一云："出墙那得丈高鸡，只露红冠隔锦衣。却是吴儿工料事，会稽真个不能啼。"此诗便是写鸡冠花的鸡冠样，并用《世说新语》中"会稽鸡，不能啼"这个典故，诙谐写出鸡冠花"类翰音而实哑"的有趣。一云："陈仓金碧夜双斜，一只今栖纪渻家。别有飞来矮人国，化成玉树后庭花。"这一首则先以"陈仓雉"以及《庄子》里"纪渻子为王养斗鸡"的故事写出鸡冠花的样貌和不能鸣叫的属性，后则说到矮种的鸡冠花可能是南北朝时陈叔宝后主所咏的"后庭花"。

清·郎世宁《仙萼长春图·鸡冠花图》

第三篇·秋

    有植物学家说，所谓矮种的鸡冠花，当是野鸡冠花，又名"青葙"，其与鸡冠花同科同属，只是样貌略有别。野鸡冠花叶细小，花穗也偏小。也有人说，后庭花并非鸡冠花，而是一种名雁来红的植物，叶心红色，间有微黄，叶成攒聚状，娇红可爱。孰是孰非且不去理会，就此二诗来说，写得极生动，也俏皮，可作"鸡冠花隔竹枪篱"的补充阅读。

    "不辞雨卧风餐里，可惜橙黄橘绿时"一句历来为人称道。这句前半言仕宦的劳碌,后半言辜负秋天光景,仔细体会,则似含有淡淡无奈又失落的情绪。毕竟在此前一年,也就是宋绍熙元年(1190),诗人在朝中处境并不如意,虽身为焕章阁学士兼实录院检讨,却无权为修成的《孝宗日历》作序。他曾因此一度自劾失职,请求去职,后光宗未准,这才将他调往地方上,出任江南东路转运副使。读杨万里的很多诗,感觉他好像永远怀着一颗未泯的童心,但此行所作诗中却多见此类情绪。如《山村二首》之一云:"歇处何防更歇些,宿头未到日头斜。风烟绿水青山国,篱落紫茄黄豆家。雨足一年生事了,我行三日去程赊。老夫不是如今错,初识陶泓计已差。"《早炊高店》云:"过雨溪山十信明,乍晴风日一番清。白鸥池沼菰蒲影,红枣村墟鸡犬声。肉食坐曹良媿死,囊衣行部亦劳生。不堪有七今成九,伧父年来老更伧。"这两首诗都流露出了羡慕村居而厌烦仕宦的念头,可佐证理解《早炊童家店》里"可惜"二字的深意。

鸡冠花,别名鸡髻花、老来红等,苋科青葙属一年草本植物,株高数十厘米,夏秋开花,霜后始蔫,色以红紫多见,白为奇,花朵由很多小花组成大个儿穗状花序,形似雄鸡头顶的扁平肉冠,故名,有"花中之禽"的美誉。

古代文人咏鸡冠花之作不少,多是以鸡冠花的外形特色入手,有的从正面歌咏,有的从反面歌咏,褒贬不一。反面如南宋欧阳澈《和世弼鸡冠花》:"倚风纵有如丹顶,遇敌应无似锦翰。空费栽培污庭砌,到头不若植芝兰。"此借鸡冠花空有艳色而无兰之品格,来讽刺朝中当道小人。

凤仙花

夏日绝句

◎ 宋·杨万里

不但春妍夏亦佳,

随缘花草是生涯[①]。

鹿葱[②]解插纤长柄,

金凤[③]仍开最小花。

[①] 生涯:指以某种活动或职业为内容的生活。杜甫诗:"谁能更拘束,烂醉是生涯。"

[②] 鹿葱:石蒜科多年生草本植物,地下有鳞茎,夏日生花轴,轴顶生数花,花淡红色。因花形色似萱花,古人曾误认为萱花。《群芳谱》:"鹿葱,色类萱,无香,鹿喜食之,故名。"周紫芝诗:"燕子飞来人不到,鹿葱花在雨中开。"

[③] 金凤:即凤仙花。文同诗:"花有金凤为小丛,秋色已深方盛发。"

清·恽寿平《瓯香馆写生册·凤仙花》

晓露庭除鲙蛆归去晚风萧瑟

燕子寺 云美鱼

第三篇·秋

清·蒋廷锡《凤仙倒挂》

陈佩秋《秋艳》

第三篇·秋

这首诗作于诗人杨万里五十岁在老家吉水（今江西吉安）养病期间。

诗中"金凤"，即凤仙花，又名指甲花。"凤仙"之名得于花形，"指甲花"之名得于其花茎捣碎入明矾可染指甲。此花原生长于印度，唐末始传入，至宋代则甚为人所追捧，时人视为珍奇花草。杨万里另有咏此花诗云："细看金凤小花丛，费尽司花染作工。雪色白边袍色紫，更饶深浅四般红。"由此可见，当时的凤仙花只有红色、紫色、白色，似并无金色，遂"金凤"之名大概得于其珍奇之故，而非花色。凤仙花有单瓣、重瓣两种，重瓣朵大，单瓣朵小。诗言"仍开最小花"，可见所咏是单瓣。此花易生，且花期很长，能从五月一直开到九月中旬。诗言"不但春妍夏亦佳"，可见春花已尽，夏花始放，对于杨万里这样颇爱花又因病闲居乡下的人来说，天天有花赏，倒也是可消遣、宜性情之事，此中快意，从"随缘花草是生涯"一句里分明可体会到。

杨万里在吉水养病三年，"随缘花草"成为他彼时的短暂"生涯"，也是不乏甜蜜的"生涯"。之后，他病愈复官。宋绍熙二年（1191），朝廷下令于江南诸郡行使铁钱会子，他谏阻，不奉诏，得罪宰臣，因改知赣州，未赴。八月谢病，辞归吉水。再次"病"归老宅后，六十五岁的杨万里索性在老宅东面山坡下辟了个花园，并亲自动手，垒假山、砌小池、建凉亭、辟曲径，且于园中种植各色各样的花，想必也种了他十分喜欢的金凤。自此，他便每日以养花种菜、吟诗作文为业，期间朝廷几诏复职，因奸臣专权，皆辞不往，"随缘花草"便成了他后半生的长久"生涯"。

历代咏凤仙花的诗词不少,著名的有如吴仁璧的《凤仙花》:"香红嫩绿正开时,冷蝶饥蜂两不知。此际最宜何处看,朝阳初上碧梧枝。"晏殊的《金凤花》:"九苞颜色春霞萃,丹樨威仪秀气攒。题品直须名最上,昂昂骧首倚朱栏。"欧阳修的《金凤花》:"忆绕朱栏手自栽,绿丛高下几番开。中庭雨过无人迹,狼藉深红点绿苔。"

凤仙花,又名金凤花、指甲花,凤仙花科凤仙花属一年生草本植物,株高数十厘米,花朵形似鸟雀,故名。颜色多样,有粉红、大红、紫色、粉紫等多种颜色。

古代妇女以染红指甲为美,常用凤仙花作染料,故又名"指甲花",也多在诗词中出现,形容少女玉指的美丽。此外,凤仙花颜色多样,品格倔强威仪,形似金凤,这些特征也多在诗词中被描述。

牵牛花

贺新郎

◎ 宋·蒋捷

渺渺①啼鸦了。

亘鱼天②,寒生峭屿③,五湖秋晓。

竹几一灯人做梦,嘶马④谁行古道。

起搔首、窥星多少。

月有微黄篱无影,挂牵牛,数朵青花小。

秋太淡⑤,添红枣。

愁痕倚赖西风扫。

被西风、翻催鬓鬖,与秋俱老。

旧院隔霜帘不卷,金粉屏⑥边醉倒。

计无此、中年怀抱。

万里江南吹箫恨,恨参差,白雁横天杪⑦。

烟未敛,楚山杳。

蒋捷（约 1245—1305），字胜欲，号竹山，阳羡（今江苏无锡）人。南宋咸淳十年（1274）进士。南宋覆灭，深怀亡国之痛，隐居不仕，人称"竹山先生""樱桃进士"，其气节为时人所重。长于词，与周密、王沂孙、张炎并称"宋末四大家"。其词多抒发故国之思、山河之恸，风格悲凉清俊、萧寥疏爽。有《竹山词》。

① 渺渺：幽远貌，或悠远貌。此处形容乌鸦渐息的叫声。唐桂芳诗："泥深路滑行不得，鹧鸪渺渺啼雌雄。"
② 亘鱼天：指日出时分微泛青紫间白的天际。
③ 峭屿：湖上高矮不一的岩石或岛屿。
④ 嘶马：嘶叫着奔跑的马。李端诗："离人出古亭，嘶马入寒树。"
⑤ 太淡：形容秋天太过冷清荒凉。
⑥ 金粉屏：饰有彩绘的屏风。此处喻指宋亡前繁华绮丽的生活。
⑦ 天杪：天际，天边。查慎行词："望铜崖、衮衮山尖，一握孤云起天杪。"

蒋捷是宋末咸淳年间（1265—1274）进士，宋亡后，一直隐居不仕。此词大约作于宋亡之初词人流寓江南时期。这是一阕写"秋晓"的词。词人于秋早醒来，听啼鸦声尽，觉天色亮起，凉意中想起一个模糊的夜梦。后披衣起床，走来庭中，见天际淡月，见小小青花，见红枣满树，一派深秋气息。此时，西风吹来，令词人忽生岁月荏苒、人秋共老之觉，从而思及昔日种种，中年之叹愈发伤感。末尾几语，则

元·王渊《花卉草虫册·牵牛蛱蝶》

照应出那个模糊的夜梦原来是旅人的思乡之梦。由此,再回味先前那鸦声、那牵牛、那枣树,在无形中被蒙上了一层忧伤之色。如此倒也罢,若再给这诸般所见所思设定一个亡国的背景,那就更为凄凉了。

蒋捷的词,造语奇巧是风格之一。他那句"流光容易把人抛,红了樱桃,绿了芭蕉"恐怕古今无人不晓。这阕词中"月有微黄篱无影,挂牵牛、数朵青花小"一句写牵牛花也真是好得不能再好。牵牛花是缠绕草本植物,花色或青或红或紫,开则状似喇叭,半开的骨朵旋拗若锥。句中"小"字写出其欲开未开的样子,"青"字写出其色,"挂"字则既写出牵牛花的缠绕性，也将"数朵青花小"的可爱完美托出。清代陈廷焯很不屑"月有"一句，认为无味之极，与通首词意，均不融洽。但也有学者非常欣赏此句，认为"月有微黄篱无影"虽不是直写牵牛花，却是不可缺少的一句；后一句是写牵牛花的形貌，前一句里则有牵牛花的精神，这两句相互衬托。诚然"月有"一句，是全篇词眼。试想，那深秋侵早微黄月色下挂着的几朵小小青花，与亡国后旅寓中披衣而起立于庭院冷风里的词人，何尝不也似相互照影。

牵牛花以青色为妙，深青也妙，淡青也妙。陈宗远有《牵牛花》云："绿蔓如藤不用栽，淡青花绕竹篱开。披衣向晓还堪爱，忽见晴蜓带露来。"此诗写牵牛花写得也好，其中"绿蔓如藤"写出了花之生命力；"淡青"则见其清丽可爱；"忽见"一句有如得遇同道者的惊喜，使诗人与蜻蜓的天真无邪一览而现。明末画家陈洪绶有诗云："秋来晚清凉，酣睡不能起。为看牵牛花，摄衣行露水。但恐日光出，憔悴便不美。观花一小事，顾乃及时尔。"此诗亦可爱。

牵牛花，又名勤娘子、朝颜等，旋花科牵牛属一年生缠绕草本植物，酷似喇叭状，因此又叫作喇叭花。花呈白色、紫红色、紫蓝色、绯红色、桃红色等，漏斗状，花期在夏季最盛。

牵牛花花期正值七夕前后，其蓝色又似粗布衣裳，传说是织女为牛郎做的新衣裳，故以牵牛花代指七夕，象征爱情。牵牛花总在凌晨四点左右，公鸡鸣叫之时，悄然开放，所以还寓意着勤劳，因此被称勤娘子。

枳壳花

城西访友人别墅

◎ 唐·雍陶

澧水①桥西小路斜,

日高②犹未到君家。

村园门巷多相似,

处处③春风枳壳花。

雍陶(约805—？），字国钧，成都（今四川成都）人。文宗大和八年（834）进士，曾任侍御史，大中六年（852），授国子毛诗博士，后出任简州（今四川简阳）刺史，世称"雍简州"，晚年辞官归隐，不知所终。工诗善赋，诗多旅游题咏、送别寄赠之作，擅长律诗和七绝。

①澧水：长江中游支流，属洞庭湖水系，位于湖南省西北部。
②日高：太阳升起很高。白居易诗："日高睡足犹慵起，小阁重衾不怕寒。"
③处处：到处，每处。赵师秀诗："或行或坐水边亭，处处春风户不扃。"

这首诗是记述春郊访友之事，题材很平常，内容却颇具动感，情致十足，既以"村园"言明所"访"之地，又以"门巷多相似"巧妙撇开，另设一笔，把诗意婉转宕开，把访友的愉快情绪以及友人"别墅"的清静宜居和友人清雅不俗的情趣全隐于"春风"里的"枳壳花"中。

有些诗人把"枳壳花"与"枳花"当作同一种花来看待。实际若细分，两种花似略微有别——枳花是枳树花，枳壳花是一种酸橙花。

枳壳花花瓣肥腴且繁，色洁白，很香，花后结扁圆果实。此花别名"玳玳花"，意思是花开之后，若结果不落，隔年便又会泛青继续生长，如此复转，可数年不凋。

明清两代多见咏枳壳花者。如陈宪章有《访客舟中》云："船中酒多少，船尾阁春沙。恰到溪穷处，山山枳壳花。"彭孙贻有《龙沙废寺》云："古寺荒台石径斜，青山依旧绕龙沙。僧房昔日题诗处，佛座俱开枳壳花。"杨青藜有《过周鲍庵汶上旧业》云："汶水桥东处士家，漆园深处满烟霞。到来竹阁凉如水，绕径空余枳壳花。"这些"枳壳花"中的深意，或愉悦，或伤感，似皆从雍陶一诗化来。

枳壳花，又名玳玳花、酸橙花等，芸香科柑橘属常绿灌木或小乔木，株高两米左右，花瓣肥腴且繁，色白或浅黄棕色，花朵表面有棕色油点和纵纹，清香扑鼻，花后结扁圆果实。果实扁球形，常悬树上，数年不落，新老同枝，花果一树，当年冬季为橙红色，翌年夏季又变青，故称"回青橙"。

芭蕉花

◎ 宋·胡仲弓

绿蜡[①]一株才吐焰,
红绡[②]半卷渐抽花。
窗前映月人无寐,
疑是银灯透碧纱[③]。

胡仲弓(约1205—约1306),字希圣,号苇航,清源(今福建泉州)人。登进士第为会稽令,后弃官,以诗游士大夫间。工诗,有《苇航漫游稿》四卷,《四库总目》传于世。

①绿蜡:绿色的蜡,"蜡"指蜂蜡。据考,唐代的蜡烛多用蜂蜡制成。此处喻指芭蕉蕉身。
②红绡:红色薄绸。此处形容芭蕉花的花苞。元稹诗:"芍药绽红绡,巴篱织青琐。"
③碧纱:绿色薄纱。此处指月下的芭蕉花隔窗望去像碧纱罩下的灯烛。

芭蕉叶翠而大，雨中别有声韵。古人咏芭蕉的诗很多，且惯写雨中情景，如韩愈的"升堂坐阶新雨足，芭蕉叶大支子肥"，杜牧的"一夜不眠孤客耳，主人窗外有芭蕉"，晁说之的"尽日小斋何所乐，芭蕉宜雨竹宜风"，张耒的"幽人睡足芭蕉雨，独岸纶巾几案凉"，等等。专刻画芭蕉的诗，当属钱珝的《未展芭蕉》最为人所乐道："冷烛无烟绿蜡乾，芳心犹卷怯春寒。一缄书劄藏何事，会被东风暗拆看。"相较而言，古人咏芭蕉花的诗却少见，而胡仲弓这首便属少数中的别致之作。

此诗前二句描绘芭蕉花的样子，后二句写其月下美态。起笔写蕉身，便借用钱珝的"绿蜡"来形容。钱珝诗中的"绿蜡"二字，似已成后人咏芭蕉的俗定之词。《红楼梦》里贾元春省亲一回，贾宝玉奉命作诗咏怡红院的芭蕉，草稿里头有一句"绿玉春犹卷"，薛宝钗见了在旁悄悄提醒道，贵妃不喜"绿玉"二字，应改成"绿蜡春犹卷"。此处也是借用钱珝的"绿蜡"。其实若单论诗，宝玉原句中的"绿玉"未必不如"绿蜡"，"春犹卷"也似比"芳心犹卷"含蓄。而胡仲弓诗中的"绿蜡"，借用得也并无新意，不过与末句的"银灯"一呼应，便显出好来。

"红绡"二字，本意是红色的丝绸，这首诗里用以形容芭蕉的花苞。芭蕉花是穗状花序，花苞似焰，也就是前面的"吐焰"之"焰"，苞片展开。这两句合起来，总写芭蕉花半开的模样。芭蕉半开似"吐焰"，盛放的样子则极似莲花，且花期颇长。

胡仲弓这首咏芭蕉花诗的情致，全在后二句。"窗前映

清・石涛《花卉册・芭蕉图》

月"一句,既写花的美,又写人的不寐。"银灯"是指月下花苞之样,"碧纱"是碧绿纱窗。可以想见,月夜窗下的芭蕉花隐约在绿叶丛中,朦朦胧胧间望去,像窗内不寐之人守着一盏绿罩银灯。这就又要联想到贾宝玉的那首诗:"深庭长日静,两两出婵娟。绿蜡春犹卷,红妆夜未眠。凭栏垂绛袖,倚石护青烟。对立东风里,主人应解怜。"此诗妙在"对立"二字。这两个字把"主人"和似佳人的芭蕉花写成了一对有情人,像是胡仲弓之诗的旁白。

芭蕉花,芭蕉科植物芭蕉的花,穗状花序,花苞似焰,红褐色或紫色,苞片展开,才会开出许多黄色小花,雄花在花序轴上,雌花在下,花香怡人。

芭蕉开放,样子很像莲花,且花期颇长。芭蕉花色彩艳丽,味道鲜甜,既可食用,也能入药,这个特点常为文人所咏。

荞麦花

村夜

◎ 唐·白居易

霜草苍苍①虫切切②,

村南村北行人绝。

独出前门望野田,

月明荞麦花如雪。

①苍苍:灰白色,形容霜下草色。
②切切:形容秋虫鸣叫。王建诗:"夜长月没虫切切,冷风入房灯焰灭。"

"苍苍",写霜草之衰;"切切",写秋虫求偶之急;"行人绝",写天寒境寂;"月明荞麦花如雪",写花的盛放、人的寂寞。这首诗整体读来朴素又清寂,别有一番俗世幻灭而天地我独在的情怀。尤其末句,以荞麦花映月而放的大背景,把人的那种我"独"在的情怀衬托得愈发浓烈。

写这首诗时,白居易住在故里下邽县,当时母亲才去世,不久小女亦夭亡,妻子又回了娘家。他又病着,仕途也不顺遂,之前只任个京兆府户曹参军闲职,俸禄也低,后因为母丁忧,连这个小闲职也辞去了,眼下还得靠亲自躬耕补贴生活,也许"前门"野田里的那片荞麦,就是他的生活来源也未可知。

荞麦是种农作物,植株很矮,高不过一二尺,枝节很多,一开花,密匝匝一片,远眺似浪滔滔。白居易另有诗句云:"荞麦铺花白,棠梨间叶黄。""铺"说的就是那浪滔滔的样子。如果仔细看单朵的荞麦花,白色的小花瓣也颇为俏丽可爱。近嗅,有淡香,且香气不黏人,需要附身仔细嗅闻,才能寻觅到那一丝花香。荞麦花半放或初放时皆带隐隐胭脂色,花开残了,才如雪。

古人写荞麦花,多以雪拟喻,如韩琦的"雪铺荞麦花漫野,黛抹蔓菁菜满畦",王禹偁的"棠梨叶落胭脂色,荞麦花开白雪香",释道潜的"菊丛稍稍敷金蕊,荞麦芃芃放雪花",陆游的"漫漫荞麦花,如雪覆平野",等等。但最值得玩味的,还应属白居易的"月明荞麦花如雪"。这一句,令整首诗备具生气、美如画卷。

白居易的诗中常常有画,如:"地僻门深少送迎,披衣

清·石涛《山水图册·平田菜麦肥图》

闲坐养幽情。秋庭不扫携藤杖，闲蹋（踏）梧桐黄叶行"，此乃似一幅"黄叶徐行图"；"南窗背灯坐，风霰暗纷纷。寂寞深村夜，残雁雪中闻"，此又似一幅"老翁夜坐图"；"杨氏弟兄俱醉卧，披衣独起下高斋。夜深不语中庭立，月照藤花影上阶"，此又似一幅"藤影独立图"；而这首《村夜》，则似一幅"秋野怅望图"。

荞麦花，荞麦的花，荞麦又名净肠草、乌麦、三角麦，是蓼科荞麦属一年生草本植物。荞麦花一般为白色或淡红色，呈椭圆形，有淡香。花期为8月—9月，长达一个月左右。其果实可磨面，可制成各种面食，风味独特。

在诗词中，荞麦花多与思念相关联，多以雪拟喻。写荞麦花之雪白，成片的荞麦花，望去犹如大雪覆地。

木芙蓉

木芙蓉花下招客饮

◎ 唐·白居易

晚凉思饮两三杯,
召得①江头酒客来。
莫怕秋无伴醉物,
水莲花尽木莲②开。

①召得:邀请来。
②木莲:指木芙蓉。木芙蓉是锦葵科木槿属落叶灌木,又名芙蓉花、地芙蓉、拒霜花。方回诗:"人家已尽无人处,时见芙蓉一岸花。"文同诗:"何人来此共携酒,可惜拒霜花一溪。"

有些诗词名句无须解释，如李白的"白发三千丈""飞流直下三千尺""会须一饮三百杯"，只可意会，不可言传。白居易的很多诗亦是如此。此诗朴素无华，当属其中。

水莲，即莲花；木莲，即木芙蓉。木芙蓉生于南方，属落叶灌木，干高四五尺，花朵甚大，常见淡粉或粉红色，仲秋始放，花期可至孟冬，花样略似莲，而莲又有"水中芙蓉"之谓，故白居易将二者类比说来。木芙蓉性忌干旱，耐水湿，喜临水而生。《长物志》云："（木）芙蓉宜植池岸，临水为佳。若他处植之，绝无丰致。"

此诗作于杭州。"秋"虽至，"水莲花"虽开尽，然有西湖水畔"晚凉"风摇拂着，木芙蓉叶婆娑而花照水，夜月之下，别有一番景致。诗人在这样的美景下，遂写就此诗，以湖面雅致的莲花、湖岸边火红的木芙蓉为"饵"，邀请朋友来一醉方休，尽显诗人的"文豪""酒豪"本色，是诗坛上著名的"招饮诗"。

自古写木芙蓉的诗词相当多，也和此诗类同，多写景以衬托。著名的如韩愈的"新开寒露丛，远比水间红。艳色宁相妒，嘉名偶自同"，柳宗元的"有美不自蔽，安能守孤根。盈盈湘西岸，秋至风露繁。丽影别寒水，秋芳委前轩。芰荷谅难杂，反此生高原"，范成大的"冰明玉润天然色。凄凉拚作西风客。不肯嫁东风。殷勤霜露中"，等等。

南宋·李迪《芙蓉图》

木芙蓉，又名木莲，锦葵科木槿属落叶灌木或小乔木，花单生于枝端叶腋间，花初开时呈白色或淡红色，后变深红色。花形似水芙蓉，故称"芙蓉花"，又因花色一日三变，故又名"三变花"，其花晚秋始开，霜侵露凌却丰姿艳丽，因而又名"拒霜花"。

木芙蓉常寓意吉祥富贵，《广群芳谱》称此花"清姿雅质，独殿众芳。秋江寂寞，不怨东风，可称俟命之君子矣"。后蜀国君曾命人在成都遍种木芙蓉，使得木芙蓉成为成都的象征。唐末诗人谭用之赋诗曰"秋风万里芙蓉国"，成都从此有了"芙蓉国""锦城""蓉城"的美称。

黄蜀葵

和知己秋日伤怀

◎ 唐·郑谷

流水①歌声共不回,
去年天气旧亭台②。
梁尘③寂寞燕归去,
黄蜀葵花一朵开。

①流水:本意指水。此处兼指古琴曲《流水》,借伯牙子期"高山流水"的典故写自己与友人的友情,亦指和友人曾一起弹奏此曲的时光像流水一样一去不回。
②去年天气旧亭台:天气、亭台都和去年一样,此处喻指物是人非。晏殊《浣溪沙》里"一曲新词酒一杯,去年天气旧亭台"即套用此句。
③梁尘:本意指梁上尘土。此处喻指友人不在,空留寂寞。刘向《别录》:"汉兴,鲁人虞公善雅乐,发声尽动梁上尘。"后以"声动梁尘"形容歌声嘹亮动人。

这是一首和作，旨在叹秋伤别。诗中所叙之事，并不新奇，讲诗人独处于旧年曾与"知己"一起宴饮歌唱过的亭台，看着梁间燕去巢空、亭下蜀葵花开，不由感时叹序，怀想"知己"，在同类诗中显得颇为雅致。

"流水"用典伯牙子期"高山流水"的故事，一词二意，既写时光流逝，又写知己不在。"梁尘"用汉代善歌者虞公"发声尽动梁上尘"的故事，亦一词二意，既指燕去巢空，又复指知己不在。"去年"一句，既点明时令，又牵出与"知己"间的往事，也就是"流水歌声"里的往事。结尾"黄蜀葵花"一句，也是一句二意。

黄蜀葵又名秋葵，叶大，形似鸭脚，花也大，呈鹅黄色，瓣薄，蕊心檀色，唐朝时为名花，多用来指代秋季。传说，黄蜀葵的花神为汉武帝的宠妃李夫人，著名的美人——成语"倾国倾城"说的就是李夫人。李夫人红颜薄命，很早就去世了，汉武帝一直对她思念不已，将她的容貌挂在甘泉宫里日日相对。

张祜有诗云："名花八叶嫩黄金，色照书窗透竹林。无奈美人闲把嗅，直疑檀口印中心。"李涉有诗云："此花莫遣俗人看，新染鹅黄色未干。好逐秋风天上去，紫阳宫女要头冠。"蒋捷有词云："寂寞两三葩。昼日无风也带斜。一片西窗残照里，谁家。卷却湘裙薄薄纱。"这几句诗词，几乎写尽黄蜀葵的样貌。而郑谷此诗对黄蜀葵花的描写别出心裁，专写"一朵开"，系就此花之大而展开，而一朵独开的黄蜀葵花，正是当时"伤怀"诗人立于池台边的写照。

郑谷写诗很会用"一"，如"饮涧鹿喧双派水，上楼僧

南宋·佚名《蜀葵图》

蹋一梯云""萧骚寒竹南窗静,一局闲棋为尔留""一尺鲈鱼新钓得,儿孙吹火荻花中""江上晚来堪画处,渔人披得一蓑归"。诸诗之中,无"一"不好。

  作为秋季的名花,历来咏黄蜀葵的诗词不少。著名的如陆游的"开时闲淡欲时愁,兰菊应容预胜流",李弥逊的"为君小摘蜀葵黄。一似嗅枝香",薛能的"娇黄新嫩欲题诗,尽日含毫有所思",徐渭的"赭衣一著从摇落,总有丹心托向谁"等。

  黄蜀葵,别名秋葵、棉花葵、野芙蓉等,锦葵科秋葵属一年生或多年生草本植物,株高一二米;花大,淡黄色,花期为6月—8月。

  因花开淡雅,黄蜀葵多为崇尚清淡平和的道教文化所咏。黄蜀葵的花朵朝向太阳,所以在古代诗文中也多用于寄托作者的赤胆忠心。此外,黄蜀葵花神李夫人的传说,使得文人经常以此花寄托思念之情。

决明花

蜀人旧食决明花耳颍川夏秋少菜崇宁老僧教人并食其叶有乡人西归使为父老言之戏作

◎ 宋·苏辙

秋蔬①旧采决明花②,

三嗅③馨香每叹嗟。

西寺衲僧并食叶,

因君说与故人家。

①秋蔬:秋天可食的蔬菜。张乔诗:"深林收晚果,绝顶拾秋蔬。"
②决明花:豆科决明属草本植物,花腋生,常两朵聚开,黄色,五瓣。《本草纲目》载:"决明有二种:一种马蹄决明,茎高三四尺,叶大于苜蓿,而本小末奓,昼开夜合,两两相帖,秋开淡黄色花五出,结角如初生细豇豆,长五六寸,角中子数十粒,参差相连,状如马蹄,青绿色,入眼目药最良。"陈文蔚诗:"每荐盘餐自觉清,尝於雨后撷其英。未言服饵收奇效,翠叶黄花眼早明。"

③三嗅:《论语·乡党》:"色斯举矣,翔而后集。曰:'山梁雌雉,时哉时哉!'子路共之,三嗅而后作。"邢昺疏:"嗅,谓鼻歆其气。"

这首诗诗题已将事情交代得很清楚,诗也明白如话,大概意思是说,蜀中人知道决明花可食,但不知其叶亦可食,苏辙归隐颍川后,夏秋之季少菜蔬,有西邻老僧教人们如何摘食决明的叶子,恰此时候,有同乡归蜀,诗人就拜托同乡将这个方法带回去,传授给蜀中乡亲。从浅处看,这首诗不过是因野菜的食用之法而牵出的"戏作",深处却隐隐表达了一种怀乡之情。

关于"三嗅馨香",值得说说。杜甫《秋雨叹三首》之一云:"雨中百草秋烂死,阶下决明颜色鲜。著叶满枝翠羽盖,开花无数黄金钱。凉风萧萧吹汝急,恐汝后时难独立。堂上书生空白头,临风三嗅馨香泣。"这首诗也是写决明花,且将此花的花色、花叶、花貌描摹如活。其中"三嗅"则借意《论语》中"子路共之,三嗅而作",表示珍视与郑重的意思,也含有相怜的情绪。苏轼《荆州十首》之一云:"北雁来南国,依依似旅人。纵横遭折翼,感恻为沾巾。平日谁能抱,高飞不可驯。故人持赠我,三嗅若为珍。"北宋嘉祐五年(1060),苏轼与苏辙归乡为母丁忧,期满后侍父经荆州入京,荆州有食大雁之俗,有人赠了一只大雁给他们,苏轼"三嗅若为珍",此中"三嗅"亦有慎重与怜意。至苏辙这首咏决明花的诗,其中"三嗅"同样也有慎重与怜意,但更多则是"叹嗟"之情,是人在异乡而食故乡人常食的野菜,想故乡故事,思故乡故人。

决明属豆科植物,遂能食用。另有一种叫野蚕豆的豆科植物亦可食,也是蜀中人之爱,别名巢菜,也称苕菜。苏轼谪居黄州时,就很想念家乡的这种菜,曾作诗歌咏,其中有两句云:"我老忘家舍,楚音变儿童。此物独妩媚,终年系余胸。"有某友归乡时,他便嘱咐让捎些巢菜籽来,打算种在自己在黄州开垦的菜园里。这种菜的吃法,苏轼在诗中也说了:"点酒下盐豉,缕橙芼姜葱。那知鸡与豚,但恐放箸空。"意思是用豆豉炒,再佐以橙、姜、葱丝,味道比鸡肉猪肉都鲜美。至于决明花及叶的食用方法与味道,苏辙在他的诗中并未提到,很可惜。不过,苏家兄弟赋予这两种花草的文化,似更令人津津乐道。

决明花,别名粉花决明、黄花决明、豆槐等,豆科决明属大灌木或小乔木。决明花为鲜黄色,形似小蝴蝶,为假蝶形花冠,很多小花成串生长,开在树梢,远看去,鲜艳夺目。花期是在开花比较少的8月—12月。

决明花多给人安逸、友好的感觉,寓意着沉甸甸的丰收和金灿灿的成熟。

素馨

菩萨蛮

◎ 宋·张镃

层层①细剪冰花小。新随荔子云帆②到。
一露一番开。玉人催卖栽。

爱花心未已。摘放冠儿③里。
轻浸水晶凉④。一窝云影香⑤。

张镃(1153—1235),原字时可,因慕郭功甫,故易字功甫,号约斋,先世成纪(今甘肃天水)人,寓居临安(现浙江杭州),卜居南湖。出身显赫,为宋南渡名将张俊曾孙,刘光世外孙。隆兴二年(1164),为大理司直。淳熙五年(1178)直秘阁通判婺州。庆元元年(1195)为司农寺主簿,迁司农寺丞。开禧三年(1207)与谋诛韩侂胄,又欲去宰相史弥远,事泄,于嘉定四年(1211)十二月被除名象州编管。工于诗,诗风自然流动,灵动洒脱。有《南湖集》,已佚。

①层层：一层一层。这句形容素馨花小而细，层叠有致，像是用冰剪成。

②云帆：远航之船。

③冠儿：宋代妇女的发冠。

④轻浸水晶凉：这句的意思是说素馨花朵给人冰凉的感觉。《广东新语》云："当宴会酒酣，出素馨献客，闻寒香而醉醒。以挂帐中，虽盛夏能除炎热，枕箪为之生凉。"

⑤一窝云影香：形容素馨花香把佳人如云团的发髻染得也很香。郑刚中诗："素馨玉洁小窗前，采采轻花置枕边。仿佛梦回何所以，深灰慢火养龙涎。"

素馨是南方蔓生灌木，叶大于桑，花瓣瘦小，色如雪，极香。此花性畏寒，传说原产印度，后移植于我国南方地区。以其花色白而芳香，故得名素馨。此词咏素馨，上阕写栽花，下阕写戴花。开篇七字，即描绘素馨花瘦小玉洁之貌，其后讲述花的产地、怎么运来、花的习性、如何购得并种植。接着又讲"玉人"如何爱花不已，买来栽下还心犹不足，把花朵摘下放进发冠里，在素馨花香的浸染下，玉人的头发也由之芳香起来。此词本是写花的可爱，最终却归到人的可爱上，是一阕典型的借物抒情之作。

冠儿，是宋代妇女流行的头饰，南宋尤甚。有人就南宋诗词统计，便有水晶冠、四直冠、如意冠、鹿胎冠等近十多种名称的冠。当时，妇女们还流行往这些冠上插梳子或各色节令性植物、花朵。比如李清照的《永遇乐》下半阕云："中州盛日，闺门多暇，记得偏重三五。铺翠冠儿，捻金雪柳，簇带争济楚。如今憔悴，风鬟霜鬓，怕见夜间出去。不如向、帘儿底下,听人笑语。"这里的"捻金雪柳"就是绢制的饰物。又如卢炳的《少年游》下半阕云:"冠儿时样都相称,花插楝双枝。倩俏精神,风流情态,惟有粉郎知。"这里的"花插楝双枝"又是时令鲜花。当时社会,戴得起这类发冠的妇女大多不是平民。本词中说,素馨花是随荔枝一起从南方远运而来的,足见其不是普通花,价格肯定不菲,普通阶层大约买不起,由此可见词人的身份,也可见这位戴"冠儿"人的身份。

作为一种著名的观赏花种,自古以来咏素馨的诗词非常多,如范成大的"素馨间茉莉,木犀和玉簪",杨万里的"素馨忽开抹利拆,低处龙麝和沉檀",程公许的"借取水沉薰玉骨,便如屏障唤真真",舒岳祥的"小蕊清香真有韵,柔条纤圳不胜春",郑刚中的"绿竹乍移都出笋,素馨冲腊小开花",等等。

素馨,原名耶悉茗,木犀科素馨属攀援灌木。株高三米左右,初秋开花,花瓣瘦小,花白色,香气清冽,盛开时密密麻麻缀满枝头。

素馨在古诗中多形容女性的柔美,其清雅的花香与素淡的外形,也常为文人所咏。《本草纲目》写素馨"枝干袅娜,叶似茉莉而小,其花细瘦四瓣",李渔更因其形态娇弱,一枝一茎都要藤架扶持,直呼其"可怜花"。

豆花

秋日三首（其二）

◎ 宋·高翥

庭草衔秋①自短长，

悲蛩②传响答寒螀③。

豆花④似解通邻好，

引蔓⑤殷勤⑥远过墙。

高翥（1170—1241），初名公弼，后改名翥。字九万，号菊磵（古同"涧"），余姚（今属浙江）人，是江湖诗派的重要代表。高翥少有奇志，以布衣终身。他游荡江湖，专力于诗，画亦极为出名。有《菊磵小集》《信天巢遗稿》等。

①衔秋：本意是含带着秋天。此处是拟人法，写秋草呈现出秋天的样子。无名氏词："隔云一雁衔秋去。"
②蛩：蟋蟀。
③螀：蝉。
④豆花：豆类植物开的花，比如绿豆、红豆、豌豆、野豌豆等。许浑诗："山风藤子落，溪雨豆花肥。"
⑤引蔓：本意是将藤条引伸。此处是拟人法，意思是豆花自引

其蔓到邻居家。梅尧臣诗:"邻家莆(葡)萄未结子,引蔓垂过高墙巅。"
⑥殷勤:热情。

古人咏秋,多有悲凉意。此诗别样,全篇通过庭草、蛩、螀、豆花几种物事来表现秋日光景。其中,用"衔秋"来拟写秋天庭草的样子,很别致;以"答"来拟写蛩与螀此起彼伏的叫声,也别致;最有意思则是"豆花"一联。豆花即豆类植物的花,色多白、紫,模样似蝴蝶,格外小巧可爱。想象诗中开着小小花朵的豆蔓袅袅爬过墙、爬向邻家院间,这画面真是亲切有趣。高翥常居乡间,对此般情境想必颇为熟悉。高翥是南宋孝宗时期的一位游士,不屑举业,以布衣终身,可算得是典型江湖派诗人。他有个号很有趣,叫"菊䃎"。"䃎"同"涧"。"菊䃎"二字大约取意于陶渊明的"采菊东篱下",由此似可窥见他悠然田野的心志。

范成大有《四时田园杂兴》之一云:"土膏欲动雨频催,万草千花一饷开。舍后荒畦犹绿秀,邻家鞭笋过墙来。"此诗则是写乡居春景的佳作。其中"邻家鞭笋过墙来"之鞭笋与高翥诗中的豆蔓一样可爱。不同的是,一个招摇而过,一个暗悄悄过;一个过墙去,一个过墙来;一个是秋之晚歌,一个是春之哨音。作者凡写物事,最好不要刻意人为说明,只老实呈现出来,且让读者自己去体会最好。比如高翥的"豆花似解通邻好"一语,若不作"似解"说明,读者从豆花过墙一事上体会出"通邻好"来,似更有意思。

清·恽寿平《豆花石竹》

古来咏豆花的诗词不少,比较著名的如温庭筠的"皋原寂历垂禾穗,桑竹参差映豆花",杨万里的"道边篱落聊遮眼,白白红红匾豆花",于谦的"杨柳阴浓水鸟啼,豆花初放麦苗齐",赵蕃的"豆花连豆角,榴朵映榴房",张槃的"豆花轻雨霁,更七日、是中秋",等等。

豆花,豆类植物开的花,如绿豆、红豆、豌豆、野豌豆等。豆类植物有直立丛生者,有攀缘蔓生者,直立者高数十厘米,攀缘者长达一二米;花两侧对称,蝶形花冠,多小巧可爱,一株数十朵集聚。

因豆花多在秋季开放,古来多以豆花吟秋。小巧可爱的豆花充满着田野的乐趣。

槐花

送客入蜀

◎ 唐·杨凝

剑阁①迢迢梦想间,

行人归路绕梁山。

明朝骑马摇鞭②去,

秋雨槐花子午关③。

杨凝(?—802),字懋功,虢州弘农(今河南灵宝)人,徙居苏州(今属江苏)。少孤,受母训。大历十三年(778)进士,历任节度书记、判官、起居郎、似封员外郎、右司郎中,官终兵部郎中。工诗文,与兄凭、弟凌皆有名,时号"三杨"。

①衔剑阁:入蜀关隘。也称剑门、剑门关。有大小两剑山,两山陡辟如门,有阁道三十里。李白诗:"剑阁峥嵘而崔嵬,一夫当关,万夫莫开。"
②摇鞭:挥动马鞭。比喻行程遥远。岑参诗:"摇鞭举袂忽不见,千树万树空蝉鸣。"
③子午关:亦称"子午",谷名。在今陕西省秦岭山中,为川陕交通要道。据《长安志》载,谷长六百六十里,北口曰子,在西安府南百里;南口曰午,在汉中府洋县东一百六十里。

"送别"是古诗词里的常见题材，很多送别诗只写当时当境事，这首诗则别开一面，写客行前夜话别的事，并纯以遥想来写。一、二句是遥想"客"所去蜀地之路如何"迢迢"，遥想"客"此去如何绕山绕梁，如何步步行得艰难；三、四句遥想客"明朝"出发后策马独行于秋雨中，沿着槐花飘落的道路一径向子午关远去的样子，由此表达离别情绪。

槐花叶细如豆类，花形亦似豆类，色白且略带微黄，七八月间开，开则成簇状重叠，落则纷乱如飞雪。因此，槐花似乎总是带上那么一丝离愁别绪。"秋雨槐花"一句，就含有槐花雨中乱落的意思。但这句也令人纳闷儿。试想，诗中既是前一天遥想第二天的行程，那"秋雨"一事岂不先知先觉了？细细摩思，诗人大概是以前一天的天气状况猜想而出，或是以当时季节多雨猜想而出，而之所以猜想是雨天，其中大概也隐含着对"行人"出行的担心与牵挂。这一句与王昌龄《送魏二》里的"忆君遥在潇湘月，愁听清猿梦里长"同意。

唐人多有咏槐花诗，如岑参有"青槐夹驰道，宫馆何玲珑"，武元衡有"青槐驿路长，白日离亭晚"，白居易有"夜色尚苍苍，槐阴夹路长"，又有"永崇里巷静，华阳观院幽。轩车不到处，满地槐花秋"，张籍有"街北槐花傍马垂，病身相送出门迟"，韦庄有"长安十二槐花陌，曾负秋风多少秋"，这些大多都是写长安城的槐树，且皆是"夹道"之槐，由此可知长安城的街道或驿道上果真是遍植槐树。子午关的北口在长安城南百里地处，由长安城去向子午关方向想必是要经过植有槐树的道路。可见，杨凝这首诗

清·戴衢亨《绘夏槐八景册·槐市横经》

虽通篇皆为遥想,"秋雨"亦是猜想而出,但都不是虚妄之言,可谓句句关情。

另外,清代蒋兰畲有《通州道中》云:"五里人家十里村,微茫烟树欲黄昏。潇潇秋雨槐花路,独策疲驴上蓟门。"这首诗是自写行程,其中也是以"秋雨槐花"来况凄冷之境,并用"潇潇"一词更为形象地描绘此景,使人较易联想出秋雨及雨中槐花飘落的声貌。蒋兰畲这句"潇潇秋雨槐花路"可与杨凝诗中的"秋雨槐花子午关"形成相互对照。

诗中的槐花，系指中国本地物种的国槐花，而非当前普遍看到的洋槐花。国槐花是国槐树的花，系豆科槐属植物，叶细如豆类，花形亦似豆类，故又名"豆槐"，未开槐花俗称"槐米"，花开时色白且略带微黄。

"槐"与"怀"同音（huái），故"槐"有怀想之意。《周礼》云："槐之言怀也。怀来远人于此，欲与之谋。"古代多在宫廷以及大臣的庭院中植槐树，故槐树成为古代三公宰辅之位的象征，即所谓"槐府""槐第"，遂又以槐指代科考，考试年头称"槐秋"，举子赴考称"踏槐"，考试月份称"槐黄"，所谓"槐花黄，举子忙"。

桂花

摊破浣溪沙

◎ 宋·李清照

病起萧萧两鬓华,卧看残月上窗纱。
豆蔻①连梢煎熟水,莫分茶②。

枕上诗书闲处好,门前风景雨来佳。
终日向人多酝藉③,木犀花④。

李清照(1084—1155),号易安居士,齐州章丘(今山东济南)人。早年生活优裕,南渡后,境遇孤苦。善诗文书画,词的成就最高,语言清丽,是婉约派代表,有"千古第一才女"之称。后人辑有《漱玉词》。

①豆蔻:一种多年生草本植物,高丈许,秋季结果,种子可入药。半开之花以其形如怀孕之身称为"含胎花"。诗文中常用以比喻少女。杜牧诗:"娉娉袅袅十三馀,豆蔻梢头二月初。"
②分茶:宋代煎茶之法。陆游诗:"矮纸斜行闲作草,晴窗细乳戏分茶。"
③酝藉:本意形容人宽和有涵容,此处形容桂花的香气与品格。

④木犀花：即桂花，桂树为常绿乔木，干高数丈，叶椭圆形，秋季开花，花冠细小，有短花柄，四出浅裂，一蓓数花，或黄或白，香气馥郁。刘学箕词："密密翠罗攒玉叶，团团黄粟刻金花。"

这阕词作于词人晚年时。李清照晚年只身寄居他人檐下，纵不得病，已足够凄苦了，一旦病袭身心，"萧萧两鬓华"简直就是顺带之事。"萧萧"原是形容风声、马驰声，此处用来拟写华发速生，令人直觉凄然。更凄然的，是她寂寞独居，病来病去，皆一个人面对。眼下病中无力，独自躺在床上，看残月冷辉，扑照纱窗。"残月"即弦月，或上弦，或下弦，其辉总奄奄，亦有凄然之觉。病痛本就苦不堪言，词人却还得就着这等残月冷辉皱起眉头喝些苦药汤子，真是苦上加苦，凄苦难言。

过片"枕上诗书"一句，凄感变淡。人在病中，纵无亲友悉心照顾，好在有心爱的诗书相伴，日子过得相对快些。尤其是雨来之时，景色别致不说，那淅沥雨声对于一个寂寞的病中人来讲，也算得是种对谈与交流。而最令人感激的是庭院中的一株木犀花，以其风姿与幽香，"终日向人"，这对李清照来讲更是一种无声的陪伴。"终日向人多酝藉，木犀花"一语是拟人写法。"酝藉"二字，既言木犀花香，又言其风度品格，还写出了词人对此花的喜欢。

木犀花即桂花，仲秋着花，花小巧而幽香。色黄者曰金桂，白者曰银桂，朱者曰丹桂。浙江一带称之为木犀，江

清·恽寿平《花卉图册·桂花》

东一带称之为岩桂,湖南一带称之为九里香。李清照另有一阕《鹧鸪天》咏此花云:"暗淡轻黄体性柔,情疏迹远只香留。何须浅碧深红色,自是花中第一流。梅定妒,菊应羞,画阑开处冠中秋。骚人可煞无情思,何事当年不见收。"此词中对桂花的诸番赞美,其实终不脱"酝藉"二字。而且,此词看似写花,实则写品格。前词中"终日向人多酝藉"一语所表达的意思大致也一样，且表达方式与白居易的"独坐黄昏谁是伴，紫薇花对紫微郎"，辛弃疾的"我见青山多妩媚，料青山、见我应如是"类同。

桂花是秋天的代表性花种，也是自古以来文人墨客最爱的花之一，诗词众多。代表性的如李白的"安知南山桂，绿叶垂芳根"，王维的"人闲桂花落，夜静春山空"，王建的"中庭地白树栖鸦，冷露无声湿桂花"，晏殊的"未必素娥无怅恨，玉蟾清冷桂花孤"，杨万里的"广寒香一点，吹得满山开"，张养浩的"玉露泠泠，洗秋空银汉无波，比常夜清光更多，尽无碍桂影婆娑"，等等，皆是脍炙人口。

桂花，别名九里香、木犀，木犀科木犀属常绿乔木或灌木，秋季开花，花小巧而幽香，有乳白、黄、橙红等色，以花色而言，有金桂、银桂、丹桂之分。

桂花以品格高贵、香气雅致著称，寓意吉祥、崇高、友好。在我国古代，"桂花"被称为"花中月老"，是爱情的象征，定情的信物。因"吴刚伐桂"的传说，桂或桂花在古文人笔下便多了一丝仙气。古代乡试例在农历八月举行，时值桂花盛开，八月遂称"桂月"，而考生得中谓之"折桂"，并与"月中有桂"这个传说相联系，称为"月中折桂""蟾宫折桂"。

红蓼花

沙湖晚归

◎ 元·朱德润

山野低回落雁①斜,
炊烟茅屋起平沙。
橹②声归去浪痕浅,
摇动一滩红蓼花。

朱德润(1294—1365),字泽民,号睢阳山人,又号昔杰,归德府(今河南商丘)人。曾任国史院编修、镇东行中书省儒学提举等职。善诗文,工书法,格调遒丽。擅山水,多作溪山平远、林木清森之景,重视观察自然。其诗与画一样,多描写平远幽静的境界。

① 低回:盘旋。落雁:指暮色中寻宿的飞雁。张耒诗:"山头月出疏钟断,江上风高落雁斜。"
② 橹:使船前进的工具,比桨长而大,安在船尾或船旁,人手摇动使船前进。梅尧臣诗:"静夜有舟下,中流闻橹声。"

这首诗颇具野趣。笔墨随视野由远渐近，把山野、雁阵、茅屋、炊烟、沙滩、湖水、渔船以及摇曳中的红蓼花组成的江畔小村描绘得美如画。

红蓼是种蓼科植物，叶似杨叶，花碎小，聚若穗状，弯曲垂放的样子像狗尾巴草，色或红或浅红，盛夏始放，至秋不绝。红蓼生命力极强，不论生在水中、水畔或滩地上，总是一长一大片。一大片红蓼花，远望就像一大片火焰。李璟诗句"蓼花蘸水火不灭"写的就是红蓼花开的火焰样，陆游诗句"数枝红蓼醉清秋"亦是写红蓼花的红艳，而此诗中的"摇动一滩"，正可见红蓼花成片生长的习性以及生长的地域。

这首诗因"橹声归去浪痕浅，摇动一滩红蓼花"一句而出彩，这一句则令人思想不尽。想那"橹声归去"后，浅浪摇动的岂止是花，更是山乡水村的温馨与宁静。

朱德润能诗擅画，尤擅绘山水，因而作诗亦常如作画。另如写郊野"步出东皋隔市尘，青山高下欲迎人。汀花有意开何晚，野草无名亦自春"，写山家"春入山坳长蕨芽，青童邀我饭胡麻。野桃开处仙家近，闲向溪头数落花"，写访人"索索西风白露零，隔林砧杵助秋声。欲寻隐者门前路，落叶漫山碍屐行"，写游归"野色空濛锦鸠啼，东风吹雨湿罗衣。一堤芳草花开遍，落日马嘶人醉归"。这些诗，无一不似画，且读来都很幽静。不过，最好的还要属那浅浪摇动的"一滩红蓼花"。

写红蓼花的诗另有两首值得说道。明代杨士奇有《发淮安》云："岸蓼疏红水荇青，茨菰花白小如萍。双鬟短袖

南宋·佚名《红蓼水禽图》

惭人见，背立船头自采菱。"诗中蓼花红得好看，水荇青得好看，茨菰花白得好看，最好看的是船上那个扎着双髻穿着短衫见了人羞怯怯背过身采菱的小女娃。"背立船头"四字最传神，也最诱人遐想。清代旗人升寅马佳氏有《夜雨》云："薄暮油云野径遮，飞泉竟夜响檐牙。晓来梦断芭蕉雨，开户一庭红蓼花。"这首诗的结构与朱德润一诗接近，不过写得并不怎么圆润，但旅人于夜雨后开启乡野小店门户，看到的那一庭湿漉漉的红蓼花倒也令人眼前一亮。

  红蓼花，又名红蓼、茏草，民间唤作狗尾巴红、狗尾巴花，蓼科一年生草本植物。蓼花种类很多，有青蓼、香蓼、紫蓼、赤蓼、马蓼、水蓼等。花碎小，聚若穗状，弯曲垂放的样子像狗尾巴草，色或红或浅红，盛夏始放，至秋不绝。

  古代诗人歌咏蓼花，不同的处境，有不同的内涵。司空图有诗："河堤往往人相送，一曲晴川隔蓼花。"此中蓼花是渲染别情的媒介。白居易有诗："青芜与红蓼，岁岁秋相似。去岁此悲秋，今秋复来此。"此中蓼花又是时光飞逝的见证。

芦花

岳州晚景

◎ 唐·张籍

晚景寒鸦①集,秋声旅雁②归。

水光浮日去,霞彩映江飞。

洲白芦花③吐,园红柿叶稀。

长沙卑湿④地,九月未成衣⑤。

张籍(约766—约830),字文昌,和州乌江(今安徽和县)人。贞元十五年(799)进士,历任太常太祝、国子博士、水部员外郎,官终国子司业,世称"张水部""张司业"。擅诗,尤长于乐府,诗风通俗晓畅。其乐府诗与王建齐名,并称"张王乐府"。有《张司业集》。

①寒鸦:寒天的乌鸦。刘长卿诗:"但见荒郊外,寒鸦暮暮飞。"
②旅雁:指春夏北飞、秋冬南归的大雁。张籍诗:"秋风窗下起,旅雁向南飞。"
③芦花:芦苇的花,穗状,白色或褐色。岑参诗:"九月芦花新,弥令客心焦。"
④卑湿:地势低且潮湿。

⑤九月未成衣：《诗经·豳风·七月》："七月流火，九月授衣。"毛传注："九月霜始降，妇功成，可以授冬衣矣。"此句反用"九月授衣"意。

这是一首写游子思乡的诗。前三联皆景语。第一联以寒鸦晚集、旅雁南归况出旅人当时的身心之境。"水光""霞彩"二句，一是由地及天之景，一是由天及地之景，且都是"晚景"的递进。"芦花吐"与"柿叶稀"，则是以视觉角度继开篇"秋声"之后对"秋"的进一步叙写。

芦苇是水生或湿生植物，一般见于湖泽、沟渠沿岸以及水岛，秋天开花，色白，花枝状如帚。因此，芦花多被用来描写秋景。"洲白芦花吐"一句，意思是芦苇花开得白花花，使水中小洲看上去也白花花。魏晋时期的诗，最惯以"吐"字写花开，如"嘉树吐翠叶""幽兰吐芳烈""百卉吐芳华""庭树吐华滋"等，这些都是顺序写。承接魏晋余绪，"洲白芦花吐"却是倒着写，可谓别出心裁，颇具动感。"园红柿叶稀"写法也一样。此二句既在"秋声"之上渲染了秋的况味，也为结句做了很好的铺垫。结句则一改写景路途，从中跳脱而出，以写事来写情。"长沙卑湿地"五字总结上面六句，"九月未成衣"一语则反用《诗经·豳风·七月》里"七月流火，九月授衣"之意，讲述气候生凉而人生思乡之情。

张籍另有两首思乡诗亦涉及"九月未成衣"之"衣"事。《蓟北春怀》云："渺渺水云外，别来音信稀。因逢过江使，却寄在家衣。问路更愁远，逢人空说归。今朝蓟城北，又见塞鸿飞。"《宿临江驿》云："楚驿南渡口，夜深来客稀。月明见潮上，江静觉鸥飞。旅宿今已远，此行殊未归。离家久无信，又听捣寒衣。"捣衣、裁衣、寄衣，这些活儿多是家妇所为，游子在外思此种种，并非只是天寒思加衣，实际另有深意。话不宜说太白，想念妻子而不直言，偏拐弯抹角着说，这就是文学的美感。

自古以来，描写芦花的诗词众多，著名的如李白的"送君别有八月秋，飒飒芦花复益愁"，白居易的"愁君独向沙头宿，水绕芦花月满船"，吴蒂的"菊色滋寒露，芦花荡晚风"，苏轼的"我行日夜向江海，枫叶芦花秋兴长"，秦观的"月色满湖村。枫叶芦花共断魂"，雍裕之的"夹岸复连沙，枝枝摇浪花"，等等，都是朗朗上口的佳句。

芦花，禾本科芦苇属植物芦苇的花，秋季开花，小穗含四至七朵花，芦花多呈黄色，并有白色柔毛。

《诗经》里用芦花表达怀思之情，后世诗人也多借芦花比拟抒怀，因其花期为8月—12月，是一年秋尽冬来之际，于此寒凉时节里见此花开如雪的植物，最易惹起人的怀古、思乡、念亲、叹老等情绪。

元·吴镇《芦花寒雁图》

菊花

过^①故人庄

◎ 唐·孟浩然

故人具鸡黍^②，邀我至田家。
绿树村边合，青山郭外^③斜。
开轩面场圃^④，把酒话桑麻。
待到重阳日，还来就^⑤菊花。

孟浩然（689—740），字浩然，号孟山人，襄州襄阳（今湖北襄阳）人，世称"孟襄阳"。早年隐居鹿门山，闭门读书，壮年曾漫游巴、蜀、吴、越等地，也曾数次入长安求仕无果，失意而还归故园。诗风清淡幽远，长于写景，题材多山水田园类，与王维并称为"王孟"。有《孟浩然集》。

① 过：探望，拜访。
② 鸡黍：指饷客的食物。黍：一年生草本植物，碾成米叫黄米，性黏，可酿酒。
③ 郭外：本意城外。此处指村庄周围。郭：古代城墙外围的墙体。王昌龄诗："郭外秋声急，城边月色残。"
④ 轩：窗或门。场圃：农家耕种或收打农作物的地方。刘挚诗：

"摵摵园林惊晚岁，纷纷场圃见丰年。"

⑤就：走向、靠近。

这首朴实的诗，读来格外亲切。开笔即写田家"具鸡黍"以邀友的淳朴，对绿树以及青山的描写则可见村庄美好的环境。写环境实质仍脱不开人，其中一个"合"字，既写出村庄的形，亦写出村庄远离市闹的温馨与安宁。之后"开轩"二句则最为亲切，也最能见出田家如常生活的景况。据"绿树""待到"二句可知时令乃夏秋之际，遂主客"开轩"而坐，食"鸡黍"而把酒与话，既不吟风弄月，亦不谈仕途官道或遇与不遇，只道"桑麻"诸事，氛围轻松，情意浓浓，因而诗人说他重阳节时还要来，来"就"菊花。据说，有刻本脱一"就"字，有拟补者，或作"醉"，或作"赏"，或作"凡"，或作"对"，皆不同。后得善本，方知是"就"字。这个"就"字用得极妙，则既言来赏菊，亦言来伴菊而饮，此中有不凡情趣。而这情趣则与"菊"息息相关。

菊花历史悠久。《九歌》云："春兰兮秋菊，长无绝兮终古。"就此它有了幽兰的气质。《离骚》又云："朝饮木兰之坠露兮，夕餐秋菊之落英。"餐菊至此始成为习俗，甚而是幽人雅兴。陶渊明有诗云："采菊东篱下，悠然见南山。"菊花从此又成为隐者的精神寄托。依此种种古典可见，"就菊花"一语，既体现出客非俗客，主非俗主，故才成为"故人"，也把此诗的诗情总结起来，又宕开去。

孟浩然笔下关于田家、山家、渔樵的诗很多，但很少有能与这首诗匹敌者，也很少有能读出这首诗中的那种家常与畅快者。有一首《秋登兰山寄张五》云："北山白云里，隐者自怡悦。相望试登高，心随雁飞灭。愁因薄暮起，兴是清秋发。时见归村人，沙行渡头歇。天边树若荠，江畔洲如月。何当载酒来，共醉重阳节。"这首诗所写则是他邀友人来"就菊花"，很朴实，也颇有乡村生活的气息，然与《过故人庄》相比，也不得不屈居于次了。

陶渊明的《归园田居》云："时复墟曲人，披草共来往。相见无杂言，但道桑麻长。"孟浩然这首诗中"故人具鸡黍，邀我至田家""开轩面场圃，把酒话桑麻"里的情味，似毫不逊于陶诗，其中"话桑麻"便是借的陶典，言自家悠然之胸怀。有人据孟浩然的一些田园诗之冲淡与壮逸，谓其"祖建安，宗渊明"。就这首诗而言，诗人之笔从始至终皆很老实，没有花架势，亦无所谓托旨，叙事也不故弄玄虚，只一板一眼，很自然，也很舒畅。某种意义上说，这种平易的、无斧凿痕的、足具人间烟火气息的诗，最近"渊明"。

清·恽寿平《山水花鸟图·菊花》

菊花，菊科菊属多年生宿根草本植物，形状因品种而有单瓣、平瓣、匙瓣等类型，花色亦因品种不同而有黄、白、红、紫等颜色。菊花是中国十大名花之一，是花中四君子（梅兰竹菊）之一，也是世界四大切花（菊花、月季、康乃馨、唐菖蒲）之一。

其花期多为9月—10月，经霜愈傲，有顽强的生命力，古来为人所喜。菊花常被作为标示节令之花。《离骚》有"朝饮木兰之堕露兮，夕餐秋菊之落英"之句，又见当时菊花的食用性与药用性。因屈原是一位操行高洁之士，菊花因此有了高风亮节的寄意。东晋陶渊明颇爱菊，并有"采菊东篱下，悠然见南山"之咏，菊花因此又成了隐逸的象征。

冬

第四篇

瑞香

西江月

◎ 宋·苏轼

公子①眼花乱发②,老夫③鼻观④先通。

领巾⑤飘下瑞香风,

惊起谪仙⑥春梦。

后土祠中玉蕊⑦,蓬莱殿后鞓红⑧。

此花清绝更纤秾,

把酒何人心动。

①公子:指曹辅,苏轼友人,时任福州路转运判官。
②眼花乱发:指公子闻了瑞香之香起了睡意。
③老夫:指词人自己。
④鼻观:一指嗅觉,一指佛教观想法。此处两层意思兼有。苏轼诗:"不是闻思所及,且令鼻观先参。"
⑤领巾:典出《杨太真外传》。此处以杨贵妃的领巾香比喻瑞香花香浓郁。
⑥谪仙:指李白。此处以李白的"春梦"比喻瑞香花香。
⑦玉蕊:即琼花。
⑧鞓红:即牡丹。

宋·李嵩《花篮图·冬》

北宋元祐六年（1091）二月二十八日，苏轼以翰林学士承旨召还，罢杭州任。三月初，晚辈曹辅从福建来访，苏轼陪他游览西湖等名胜，期间多有诗歌唱和。这阕词是写二人在真觉寺院赏瑞香一事。

瑞香是常绿灌木，始出自庐山，别名"睡香"。陶穀《清异录》载："庐山瑞香花，始缘一比丘昼寝磐石上，梦中闻花香酷烈不可名，既觉，寻香求之，因名睡香。四方奇之，谓乃花中祥瑞，遂以瑞易睡。"此词上阕便是写瑞香的奇香，以曹辅"公子眼花乱发"和自己的"鼻观"、杨贵妃的"领巾"、李白的"春梦"来相续渲染。尤其前一笔，既写出了瑞香之名，又写出了瑞香香气浓烈、使人易睡的特点，也奠定了此词诙谐活泼之调。下阕则以扬州后土祠中的玉蕊和汴京蓬莱殿中的牡丹作比，赞美瑞香的"清绝"与"纤秾"，结以设问，加以肯定。

这次在真觉寺赏瑞香，苏轼兴致颇高，一气作了三阕词。另外两阕云："小院朱阑几曲，重城画鼓三通。更看微月转光风，归去香云入梦。翠袖争浮大白，皂罗半插斜红。灯花零落酒花秾，妙语一时飞动。""怪此花枝怨泣，托君诗句名通。凭将草木记吴风，继取相如云梦。点笔袖沾醉墨，谤花面有惭红。知君却是为情秾，怕见此花撩动。"据这两阕词中叙说可知，此次宴聚中，宾主兴致都很高，酒饮得很美，花也赏得很开心，有人还往头上簪了瑞香，有人还作了和词，还有人竟将瑞香错认为紫丁香，曹辅大约也附议，于是苏轼打趣他："知君却是为情秾，怕见此花撩动"，意思是取笑他这个公子多情，怕被瑞香的香艳打动，不能自已,遂故意把瑞香当作紫丁香。

古来写瑞香的诗词不少,著名的如范成大的"一丛三百朵,细细拆浓檀。帘幕护花气,不知窗外寒",朱敦儒的"青锦成帷瑞香浓。雅称小帘栊",乾隆皇帝的"麝作轻囊云作窝,柔枝不胜体婆娑。比丘设谓闻香得,应是无端堕睡魔",等等。

瑞香,又称睡香、蓬莱紫等,瑞香科瑞香属常绿直立灌木,花小而多,香气芳醇持久,花期可提早到春节期间。瑞香主要有两个品种:一种花蕾呈红色,开花后为淡白色;另一种开花后为黄色。

由于瑞香一般于严寒的春节前后盛开,人们多以此花为祥瑞。又叫作喜花,被视为是吉祥的爱情花。瑞香的花期正值群芳消歇,香味又极浓,旧时被人称为"夺香花"。瑞香高贵雍容,常为帝王所喜。

兰花

古风五十九首（其三十八）

◎ 唐·李白

孤兰生幽园，众草共芜没[①]。
虽照阳春晖，复悲高秋月。
飞霜早淅沥[②]，绿艳恐休歇。
若无清风[③]吹，香气为谁发。

[①] 芜没：掩没。此处指兰花被荒草掩没其间。
[②] 淅沥：形容霜雪、风雨、落叶等声音。此处指霜雪声。
[③] 清风：清微风，清凉风。陶渊明诗："幽兰生前庭，含薰待清风。清风脱然至，见别萧艾中。行行失故路，任道或能通。觉悟当念还，鸟尽废良弓。"

清·余穉《花鸟画册·兰花》

第四篇·冬

陈佩秋《兰草图》

古人所咏的兰花，并非同一种植物。像《诗经·郑风·溱洧》中的"蕳"，谢灵运诗中的"朝搴苑中兰"，陈子昂诗中的"兰若生春夏"等，都属于菊科香草。兰花则是兰科兰属植物，也就是"国兰"。有学者据诗中"孤兰""众草共芜没""绿艳"以及诗人另外一首《自金陵溯流过白璧山玩月达天门，寄句容王主簿》中"寄君青兰花"一句推测，李白这首咏兰诗大概是古诗词中最早歌咏"国兰"的作品。这是此诗的第一个可贵处。

此诗是李白五十九首《古风》中的一首。所谓古风，就是古体诗，区别于当时的格律诗，也可从狭义上理解成拟古，就是沿用《古诗十九首》或阮籍咏怀诗的方式，借写物而咏怀。此诗咏怀痕迹就很明显。兰花一向被视为是高洁不屈、淡泊名利的象征，同时兰花总是默默开放，甘与草木为伍，不与群芳争艳，不畏霜雪欺凌，坚忍不拔，其风采让人赞赏。李白这首诗也是围绕兰花的这一品性展开。

该诗首联写兰花的"孤"性以及被众草"芜没"的生长环境；中间二联写兰花的今朝与来日，其中"虽照""复悲"与"飞霜""绿艳"两处情绪转折得颇好，有起伏顿挫的感觉；尾联写到兰花的幽香特质，希望清风到来，使花香脱颖于众草之中。

有学者说，这首诗大概作于李白应召入朝后在翰林院待诏期间。果若如此，就其中情绪可以推想，他似在讲自己像"孤兰"一样，身处群小中间，屡遭排挤，虽有君王青眼，却只任了个写诗谱曲的闲职。他很为未来担忧，遂希望有人能为他拨云见日，相助实现施展政治抱负的理想。当然，这首诗也可跳脱出个人遭际的寓意，放眼至当时的社会与政治。在李白被赐金放还前后的那段时间，李唐王朝的政坛上，张九龄退位病逝，李林甫一派得宠专权，气氛已然是"众草"芜"兰"之势，确需"清风"来荡涤一番。

总而言之，这是一首意调幽怨的诗。李白笔下很少有这类幽怨的诗，大家似乎习惯了读他的"天生我材必有用，千金散尽还复来""长风破浪会有时，直挂云帆济沧海""仰天大笑出门去，我辈岂是蓬蒿人"等，纵然抒发郁闷，也依然很气壮地高喊："大道如青天，我独不得出。"这首咏兰诗第二个可贵处，就是可以从中看到李白的不同面。

自古咏兰的名句佳句层出不穷，除了李白的这首"国兰第一诗"外，还有如刘彻的"兰有秀兮菊有芳，怀佳人兮不能忘"，王勃的"山中兰叶径，城外李桃园"，韩愈的"兰之猗猗，扬扬其香"，等等，都传唱千古。

兰花，兰科植物，叶如莎草，具数花或多花。兰花的花色淡雅，其中以嫩绿、黄绿色居多，但尤以素心者为名贵。兰花的香气，芳香四溢，清而不浊。兰花的花姿，有的端庄隽秀，有的雍容华贵，富于变化。兰花的叶，终年鲜绿，刚柔兼备，姿态优美。

自古文人极为欣赏兰花以草木为伍、不与群芳争艳、不畏霜雪、坚忍不拔的气质，视其为高洁典雅之象征。

水仙

蝶恋花

◎ 清·陈维崧

小小哥窑凉似雪。

插一瓶烟，不辨花和叶。

碧晕①檀痕②姿态别，东风③悄把琼酥④捻。

滟潋⑤空濛天水接。

千顷烟波，罗袜行来怯。

昨夜洞庭⑥初上月，含情独对姮娥说。

陈维崧（1625—1682），字其年，号迦陵，宜兴（今江苏宜兴）人。幼时便有文名。与吴兆骞、彭师度同被吴伟业誉为"江左三凤"。与吴绮、章藻功称"骈体三家"。明亡后，科举不第。康熙十八年（1679）举博学鸿词科，授官翰林院检讨。工诗善词，其诗风华典，亦有激昂悲慨之情。有《湖海楼全集》。

① 碧晕：绿色光晕。此处指水仙绿叶美韵。
② 檀痕：带有香粉的泪痕。此处指水仙花的香气。

③东风：春风。

④琼酥：一种雪白的奶制品。此处指水仙的花瓣。

⑤滟潋：水光明耀貌。

⑥洞庭：洞庭湖。这句承"千顷烟波"而言，可见是以湘水女神拟写水仙花。这句及上二句，都是诗人面对瓶中水仙花联想出的画面。

南宋·佚名《水仙图》

明·仇英《水仙腊梅图》

六朝人称水仙为"雅蒜"。水仙确是雅花，翠叶似带，白花幽香，植于一碟清水、几粒石子间，不染泥渍，自具一种仙气。古来文人咏水仙，也多从其名称与仙姿着手，常拿传说中的娥皇女英以及洛神这般和水有关的仙灵作比，水仙故而也有"凌波仙子"的称号。

陈维崧这阕词也是从仙姿入手，写得颇有仙气。开笔以培植器物说起，"哥窑"是精美瓷器，与水仙的萧然出尘之韵是绝配；"凉似雪"是形容哥窑瓶的色泽，也是以瓶的冷幽来衬托水仙的冷幽。"插一瓶烟"之"烟"是指水仙，是从其香气一面讲，形容如沉香类的香品。沉香也叫沉烟。这句似借意于黄庭坚的"借水开花自一奇，水沉为骨玉为肌"。《群芳谱》里说，水仙有花簇于叶上者，有隐于叶内者。此词中所咏，大约是后者。因哥窑瓶是白色，花是白色，叶是绿色，绿叶掩映白瓶，白花隐于绿叶间，远远瞧着，是"不辨"的意思。"碧晕檀痕"一句是承上句而言，形容瓶中水仙绿意氤氲，模样水灵。"琼酥"是指水仙花的花瓣。水仙花花瓣洁白，中间有金盏似的副花冠，副花冠与白花瓣相映成趣，遂另有"金盏银台"之号。

水仙花的大概姿貌，上阕基本绘尽；下阕则讲月下水仙的美态，也是以想象中的水上仙子形象拟写。前两句并不新奇，古来多有相似之咏，倒是结尾一句有意思，以天上的月仙与哥窑瓶中的水仙遥相对照，写出水仙花含情脉脉的一面，也把词人的一份怜爱之心隐藏其中。

陈维崧是世家子弟，祖父是万历年间进士，后官至从一品，父亲则是有名的"明末四公子"之一。后来家道虽中落，但他骨子里那份自小养起来的对美的不凡品味，在这阕词中多少可以体现。

周先生还说："水仙最宜盆养。盆有陶质的，瓷质的，石质的，砖质的，或圆形，或方形，或椭圆形，或长方形，或不等边形；我却偏爱不等边形的石盆，以为最是古雅，恰与高洁冷艳的水仙相称。"周先生还说，他最爱一只四角不等边形的白石盆，曾以此培植过十来株水仙，并伴以雨花台各色大小石子，赏来妍静可爱。周先生所用的白石盆与陈维崧词中"凉似雪"的哥窑瓶在审美情趣上竟不谋而合。的确，就水仙的清致而言，是不宜用色彩艳丽的盆器养植的。

水仙花，别名中国水仙，石蒜科水仙属多年生草本植物。鳞茎根似蒜头，较大，有薄赤皮；花瓣有六片、八片之分，酷似椭圆形，花瓣末处呈鹅黄色。花蕊外面有一个如碗一般的保护罩，一般在1月—2月开花。

水仙在我国已有一千多年的培植历史，天然丽质，芬芳清新，素洁幽雅，与兰花、菊花、菖蒲并列为"花中四雅"，又与梅花、山茶花、迎春花并列为"雪中四友"。古诗词中水仙也多被用来形容纯洁贤淑的女子、纤尘不染的仙女。

山茶

山茶一树自冬至清明后著花不已

◎ 宋·陆游

东园三日雨兼风,
桃李飘零扫地空。
惟有小茶①偏耐久②,
绿丛又放③数枝红。

陆游(1125—1210),字务观,号放翁,越州山阴(今浙江绍兴)人。孝宗时赐进士出身,历任福州宁德县主簿、敕令所删定官、隆兴府通判等职。中年入蜀,投身军旅生活。宋光宗继位后,升为礼部郎中兼实录院检讨官,不久即因"嘲咏风月"罢官归居故里。嘉泰二年(1202),宋宁宗诏陆游入京,主持编修孝宗、光宗《两朝实录》和《三朝史》,官至宝章阁待制。有《剑南诗稿》《渭南文集》《南唐书》《老学庵笔记》等。

①小茶：一作山茶。是对山茶花的亲切称呼。
②偏耐久：指山茶花耐寒，花期长。
③又放：又开放。点题"自冬至清明后著花不已"。

读陆游的诗，每能体会到一种可爱心肠。如"为爱名花抵死狂，只愁风日损红芳。绿章夜奏通明殿，乞借春阴护海棠"，此中的"狂"大约是苏轼笔下"老夫聊发少年狂"之"狂"。看他为留住"红芳"，竟然要"绿章夜奏通明殿"，真乃书生意气，少年作为，是狂，也是天真可爱。如"箬帽蓑衣自道宜，不论晴雨著无时。半醒半醉人争看，是圣是凡谁得知"，此则写自己出行的装扮与表现，以自哂而乐人，也很可爱。如"奇峰迎马骇衰翁，蜀岭吴山一洗空。拔地青苍五千仞，劳渠蟠屈小诗中"，此则先写山峰的挺拔，然后轻轻一转笔，将五千仞的大山囊入笔底，一个"小"字见出他身为诗人故作的得意，得意得甚是可爱。又如"风卷江湖雨暗村，四山声作海涛翻。溪柴火软蛮毡暖，我与狸奴不出门"，则将"我"与猫儿并提，视为伴侣，也不乏可爱。再如这首咏山茶的诗，一声"小茶"，叫得亲切，既体现了山茶花的可爱，也体现了诗人的可爱，读者之心也几被融化。

山茶花是山茶科山茶属常绿灌木或乔木，树姿优美，叶翠而茂，有光亮，花大如盏，色以红为正，红似火。其最可贵处是耐寒，花期长，从十月至来年二三月间，可屡开不败。古人咏山茶，多从此点入手。如胡仲弓诗云"万红彤落尽，留住隔年花"，梅尧臣诗云"腊月冒寒开，楚梅犹不奈"，苏轼诗云"谁怜儿女花，散火冰雪中"，沈周诗云"老叶经寒壮岁华，猩红点点雪中葩"，等等。陆游的这首诗，题目已作说明，也是重在写山茶"偏耐久"的品性，且以三天两日刮风下雨来作衬，以暖春桃李短暂的开落作比，写出自己对山茶的喜爱。在众多咏山茶诗中，他的这首小诗，算是最清丽可人者。就中"小茶"，有的写作"山茶"，且不论孰是孰非，单诗意而言，"小"字里有情感，并以此"小"来体现"偏耐久"之性，似乎更显难能可贵。

有人说，诗人所咏山茶"偏耐久"寓意着诗人不畏艰难且持久的爱国精神。这样理解，倒也未为不可。其实，陆游另有一首写山茶的诗，也是就山茶"偏耐久"的品性而言——云："雪里开花到春晚，世间耐久孰如君。凭阑叹息无人会，三十年前宴海云"。此诗则纯属借物自咏。"海云"是指成都的海云寺。陆游"三十年前"在成都做官，此前则在朝廷设于南镇的西川节度幕府中任职，曾亲历边防战事，亲撰出师北伐恢复中原的作战计划，可惜后来北伐之计落空。那段岁月虽短暂，然在陆游自己来看大概是他一生最光荣且最接近为国雪耻之梦想的几年，遂至晚年亦念念不忘，并常怀"凭阑叹息无人会"的遗憾。

明·陈淳《山茶花图》

第四篇·冬

山茶,山茶科山茶属灌木或小乔木。树姿优美,叶翠而茂,有光亮,花大如盏。其花瓣为碗形,分单瓣或重瓣,重瓣茶花的花瓣可多达六十片。茶花有不同程度的红、紫、白、黄各色花种,甚至还有彩色斑纹茶花,尤其以红色为正。

山茶在我国已有一千多年的培植历史,其既是"小寒"节令的花信风,也是古代宫苑私园里象征尊贵身份的观赏花卉。古代寺院也常植此花,因有"天雨曼陀罗花"(梵语,意为适意或悦意)的佛教典故,故为伴佛之树。

梅花

山园小梅二首（其一）

◎ 宋·林逋

众芳摇落①独暄妍②，占尽风情向小园。

疏影③横斜水清浅，暗香浮动④月黄昏。

霜禽⑤欲下先偷眼⑥，粉蝶如知合断魂⑦。

幸有微吟⑧可相狎⑨，不须檀板⑩共金樽。

林逋（967—1028），字君复，钱塘（今浙江杭州）人。早岁漫游江淮间，后归隐西湖孤山，植梅饲鹤，终生不仕不娶，自谓"以梅为妻，以鹤为子"，人称"梅妻鹤子"。死后赐谥"和靖"，后人称"和靖先生""林和靖"。诗多写隐逸生活及自然风光，有《林和靖先生诗集》。

①摇落：零落，凋落。王十朋诗："园林尽摇落，冰雪独相宜。"
②暄妍：天气和暖，景物明媚。此处形容梅花开得好。
③疏影：稀疏的影子。这句形容梅枝先花后叶且花朵疏淡有致倒映水中的神采。
④浮动：形容梅花若有若无的香气。
⑤霜禽：白羽鸟，如白鸥、白鹭等。李贺诗："渔童下宵网，

霜禽竦烟翅。"

⑥偷眼：侧着脑袋偷偷看。形容鸟儿见梅花幽美，不敢轻易飞上枝头。

⑦断魂：牵肠挂肚地思念。这句意思是蝴蝶若像人一样有情，能懂得欣赏梅花的美好，也会为之神魂颠倒。

⑧微吟：轻声吟诵诗句。

⑨相狎：彼此亲近。

⑩檀板：檀木制成的拍板，歌唱或演奏音乐时用以打拍子。这里泛指乐器。

　　林逋这首诗以"疏影"一联著称，论及梅花者很轻易便会想到。欧阳修曾说："评诗者谓前世咏梅者多矣，未有此句也。"辛弃疾则作词云："未须草草，赋梅花，多少骚人词客。总被西湖林处士，不肯分留风月。"意思是劝己劝人不要轻易咏梅，再咏也敌不过林逋这两句。姜夔则直接以"疏影""暗香"来作自度曲的调名，可见多爱。毋庸置疑，此联的确很好，且是这首诗的诗眼。前两句总说梅花"独"放之性，后两句则以禽、蝶的一实一虚的行为侧写梅花的不凡。此联以水中、月下二影承上启下，写尽梅花孤美神韵，并营造出一种妙不可言的意境。

　　梅花是落叶乔木，蔷薇科杏属，一般暮冬早春凌霜雪而放，花色以红、白为常，黄、绿为异，朵样衮小，香气冷幽，枝干则张曲有致，年愈久愈虬劲，别具一种高古气格，为古文人所喜爱，且歌咏不迭。然林逋之前的歌咏之作，大多着眼于梅花的样貌，很少从神韵与意境方面下笔，

北宋·赵佶《梅花绣眼图》

而此诗则完美体现了这两点。

他还有两首写梅花的诗也不错。一云："小园烟景正凄迷，阵阵寒香压麝脐。湖水倒窥疏影动，屋檐斜入一枝低。画工空向閒时看，诗客休徵故事题。惭愧黄鹂与蝴蝶，只知春色在桃溪。"一云："吟怀长恨负芳时，为见梅花辄入诗。雪后园林才半树，水边篱落忽横枝。人怜红艳多应俗，天与清香似有私。堪笑胡雏亦风味，解将声调角中吹。"其中"湖水""雪后"两联皆是令人折服的名句，且与"疏影"一句情致相略，似有过之而无不及。就此数句推测去，这几首诗中所咏大概是江梅——江梅，又名野梅，花单瓣，枝干偏瘦，有清香，临水而植，颇具野趣——但总体而言，还是这首《山园小梅》最好，其一好在写出了梅花的神韵，其二则好在尾联笔转巧妙，借"微吟"既托出梅花的不俗，也道出自我的出尘。

林逋祖上是殷实仕家，后家道败落。早岁父母相继过世，唯有一兄相依为命。他好学，且通经史百家，然性子逸傲，甘愿清贫而不慕荣利，人多劝其出仕，先后均谢绝，并曰："吾志之所适，非室家也，非功名富贵也，只觉青山绿水与我情相宜。"四十岁后，他便离开繁华都城，隐居杭州西湖小孤山上，不仕，不娶，遍植梅树，养鹤为伴，把自己活成了梅、鹤一般的逸士，孤山上的梅花亦因他和他的诗而为后人所称道。

古人爱梅，咏梅诗歌佳作颇多。比如，陆游的《梅花绝句》云："闻道梅花坼晓风，雪堆遍满四山中。何方可化身千亿，一树梅前一放翁。"范成大的《北城梅为雪所厄》云："冻蕊黏枝瘦欲干，新年犹未有春看。雪花只欲欺红紫，不道梅花也怕寒。"此二诗也是咏梅妙品，令人感佩。

梅花，蔷薇科杏属落叶小乔木，花先于叶开放，花色以红、白为常，黄、绿为异，朵样袅小，香气冷幽，枝干则张曲有致，年愈久愈虬劲，别具一种高古气格，一般暮冬早春凌霜雪而放。

梅因其"独天下而春"，常被作为传春报喜、吉庆的象征。《诗经·秦风·终南》云："终南何有，有条有梅。"此后文人从正面歌咏梅花者寥寥，大多还是感叹其易于飘落。从林逋后，梅花才更有了高逸不凡的寄意。

月季

所寓堂后月季再生与远同赋

◎ 宋·苏辙

客背①有芳丛②,开花不遗月③。

何人纵寻斧④,害意肯留蘖⑤。

偶乘秋雨滋,冒土见微⑥茁。

猗猗抽条颖,颇欲傲寒冽。

势穷⑦虽云病⑧,根大未容拔。

我行天涯远,幸此城南苃⑨。

小堂劣⑩客卧,幽阁粗可蹑⑪。

中无一寻⑫空,外有四邻匝⑬。

窥墙数柚实,隔屋看椰叶。

葱茜⑭独兹苗,悯悯⑮待其活。

及春见开敷⑯,三嗅何忍折。

---

①背:堂北,或北堂。此处指诗人寓所后堂。《诗经·伯兮》:"焉得谖草,言树之背。"

②芳丛:丛生的花朵。此处指月季。鲍泉诗:"佳丽新妆罢,含笑折芳丛。"

③不遗：不差，不落。此处形容月季花频，月月开放。

④寻斧：用斧。《文选·陆机〈五等诸侯论〉》："寻斧始于所庇，制国昧于弱下。"唐李善注引贾逵《国语》注曰："寻，用也。"刘攽诗："束薪寻斧不旋踵，种子著花还比肩。"

⑤蘖：本意是被砍去或倒下的树木再生的枝芽，泛指植物的枝条枝丫。此处指月季被砍后留下的根株。张耒诗："已残枸杞只留蘖，晚种莴苣初生甲。"

⑥见微：从小处看到迹兆。苏轼诗："庶几二大夫，见微而知著。"

⑦势穷：本意是大势已去。此处指被斧伐的月季孤株只影处境困难。

⑧病：本意指生理或心理上不正常的状态。此处意思是弊端或缺点。

⑨茇：茇舍，简陋的草舍。《诗经·召南·甘棠》："蔽芾甘棠，勿剪勿伐，召伯所茇。"郑笺："茇，草舍也。"

⑩劣：仅仅，刚刚。此处形容堂室小。孟浩然诗："小溪劣容舟，怪石屡惊马。"

⑪可蹑：本意是可插足。此处形容幽阁之小。张耒诗："索纤一径渐可蹑，步踏落叶披榛菅。"

⑫一寻：古代长度单位，八尺为一寻。张谓句："梧桐三寸叶，杨柳一寻枝。"

⑬匝：环绕，围绕。

⑭葱茜：青翠茂盛。张九龄诗："树晚犹葱茜，江寒尚渺瀰。"

⑮悯悯：忧伤或痛心。此处犹怜悯，表示对月季的可怜与喜爱。苏辙诗："悯悯坐相视，馋涎落盘盂。"

⑯开敷：指花朵开放，繁荣。开，即开放。敷，即布，遍布。元稹诗："开敷多喻草，凌乱被幽径。"

北宋绍圣四年（1097）二月，苏辙遭人弹劾，以"操似侧孽臣之心，挟纵横策士之计""始与兄轼肆为抵欺，晚同相光协济险恶"等罪名，继贬筠州后再贬雷州；苏轼继贬惠州后再贬儋州。五月上旬，各往贬地的兄弟俩于藤州相会并同行。当时苏辙仅夫人及幼子苏远随侍，苏轼仅幼子苏过随侍。苏轼曾作诗云："萧然两别驾，各携一稚子。"六月初，苏辙抵雷州。苏轼在雷州停留三天后，登舟渡海。七月，抵儋州。这段时期，兄弟俩和诗不断，相互安慰并鼓励，以渡难关。此诗作于当年秋季，也就是两人各自在贬地初初安顿下来时。

此诗是典型的触物生情、借物言怀之作。"物"即诗人寓所后堂的一株月季。月季是蔷薇科蔷薇属多年生植物，与蔷薇、玫瑰并称蔷薇科"三姊妹"。蔷薇是藤本，一季花或两季花。玫瑰是直立小灌木，一季花或秋季偶开少许花。月季与玫瑰属性同，开花却勤，"月一披季"，四时常放。古来歌咏月季的诗，也多从其花期久长这一特性着手。如韩琦的"何似此花荣艳足，四时长放浅深红"，张耒的"月季祗应天上物，四时荣谢色常同"，等等。月季还有一特性，即萌发力强，耐修剪，修剪越勤，枝叶越茂，花开越繁，有种越挫越勇的精神。有些壮株，即便枝条皆去，只要不损根系，仍会贴地冒出新芽并逐渐成活。此诗便是从月季的这一特性切入，分三节来写。"客背"始为一节，写月季遭人斧伐后顽强重生；"我行"始为一节，是自写困境。这两节看似独立，却相辅相成，下节承接上节，上节隐喻下节。"葱茜"以下两联，则借怜惜月季并展望春来花

清·恽寿平《五色花卉图》

放而不忍相折,来写对其的珍爱及对其坚韧精神的珍爱,也是物我两相惜,借物自写精神。

诗题"与远同赋",即与幼子苏远同题而作。苏远的诗未留存下来。后来苏辙把这诗寄给远在儋州的苏轼,苏轼与幼子苏过也同作了和诗。苏轼诗云:"幽芳本长春,暂瘁如蚀月。且当付造物,未易料枯蘖。也知宿根深,便作紫笋茁。乘时出婉娩,为我暖栗洌。先生早贵重,庙论推英拔。而今城东瓜,不记召南苓。陋室有远寄,小圃无阔蹑。还为久处计,坐待行年匝。腊果缀梅枝,春杯浮竹叶。谁言一萌动,已觉万木活。聊将玉蕊新,插向纶巾折。"此诗也可分三节读赏。前四联为一节,和写苏辙诗中遭斧伐的月季,且更为客观地写出月季"本长春"而"暂瘁如蚀月"的特性,并与中间四联也相辅相成,既赞美月季的天性,也肯定苏辙的品行与成就,安慰并鼓励他要耐下心,作"暂瘁"与"久处"之计。后三联则代苏辙展望开春,展望来年。其中"聊将玉蕊新,插向纶巾折"一句,既是对苏辙诗中"及春见开敷,三嗅何忍折"一句的调笑,也是借"纶巾折"之典劝慰苏辙要持汉代名士郭太的从容风度,沉浮两潇洒。苏过诗云:"瘴海不知秋,幽人忘岁月。祗记庭中花,几度开还蘖。忆昔移居时,始是青荑茁。殷勤主人惠,浸灌寒泉洌。颜色日鲜好,条枝争秀拔。意无后人剪,喜托先生苓。海康接儋耳,云水何田蹑。俯楹独四顾,怅此波涛匝。闻道海门松,僵枝出繁叶。困穷不足道,喜有千人活。不似玄都花,蕨蕨那容折。"此诗亦可分三节。"瘴海"起是自说心境。"忆昔"起乃转写叔父堂后的月季,并以月季"喜托先生芰"写出叔父的品德。"海康"起则是诉说与叔父隔海相望的思情。"闻道"以下，借写海门松而自写，以"不似玄都花，簌簌那容折"写松的劲气，也是写自我的劲气，并以"千人活"之典，立志要振兴苏氏门楣。

苏辙一首较感性，也含蓄；苏轼一首偏理性，并秉有一贯豁达的气度；苏过一首则有情有义，有身为晚辈的那种蓬勃朝气。苏家两代三人对待苦难的心态由之斑斑可见。

月季：别名长春花、四季花、月月红、斗雪红、瘦客、胜春等。蔷薇科常绿或半绿直立短灌木。茎有刺，叶缘有齿。花色深红或浅红，也有黄、白等变种。花期久长，香气浓郁。有"花中皇后"之称。我国栽培历史悠久。据载，南北朝时宫廷中便已始植蔷薇。唐段成式《酉阳杂俎》中则有"植蔷薇"以固墙隙的记载。宋代时月季栽培颇盛，品种也渐多。明代则更盛，更多。李时珍《本草纲目》云："月季，处处人家栽插之。"